Cornelia Franz

Passwort Villa X

© privat

Cornelia Franz lebt mit ihrer Familie in Hamburg. Nach dem Studium der Germanistik und Amerikanistik, vielen abenteuerlichen Reisen sowie diversen Jobs machte sie eine Ausbildung zur Verlagsbuchhändlerin und arbeitete als Lektorin. Sie schreibt seit vielen Jahren sehr erfolgreich Kinder- und Jugendbücher, Reiseführer und Romane für Erwachsene.

Cornelia Franz

PASSWORT VILLA X

dtv

Ausführliche Informationen über
unsere Autoren und Bücher
www.dtvjunior.de

Von Cornelia Franz sind außerdem bei dtv junior lieferbar:
Die Flipflop-Bande
Piraten im Klassenzimmer!
Seeräuber vor Sylt!
Das Geheimnis des Roten Ritters
Geheimnisse
Verrat
Ins Nordlicht blicken
Poolparty

MIX
Papier aus verantwortungsvollen Quellen
FSC® C019821
FSC www.fsc.org

Originalausgabe

Umschlagbild und -gestaltung: Max Meinzold
Lektorat: Ulrike Schuldes
Gesetzt aus der Caslon 12,5/17
Satz: Fotosatz Amann, Memmingen
Druck und Bindung: Druckerei C.H.Beck, Nördlingen
Gedruckt auf säurefreiem, chlorfrei gebleichtem Papier
Printed in Germany • ISBN 978-3-423-76139-0

Oh Mann, er war am Ende der Welt gelandet. Wie dunkel es hier war … Carlo nagte an seiner Unterlippe und schaute aus dem Autofenster. Vor ihnen tauchte ein Tor aus eisernen Gitterstäben auf, das sich automatisch öffnete, als sich der Wagen näherte. »Wie von Geisterhand«, sagte sein Vater und lachte. Carlo ließ das Fenster herunter und streckte den Kopf in den Wind. Ihm war kein bisschen nach Lachen zumute.

Auf einem sandigen Weg rollten sie durch den Park, vorbei an schwarzen Tannen und einem See, der im Mondlicht wie geschmolzenes Blei glänzte. Jetzt konnte er die Villa erkennen, die zwischen den Bäumen hindurchschimmerte. Auf den Bildern im Internet hatte sie viel größer und schöner gewirkt, fast wie ein Schloss. Alles nur Werbung, das hatte er sich doch gleich gedacht. *Villa da Vinci – das Internat für kluge Köpfe …*

Hinter den Fenstern war kein Licht zu sehen. Mit Sicherheit schliefen alle schon, immerhin ging es auf Mitternacht zu. Wer weiß, ob überhaupt noch jemand aufmachte.

Sie hatten viel früher aufbrechen wollen, doch seinem Vater war mal wieder eine wichtige Sitzung dazwischengekommen. Wenn es nach Carlo gegangen wäre, hätten sie überhaupt nicht losfahren müssen. Er wollte sowieso nicht auf dieses Internat. Er wollte überhaupt nicht schon wieder auf eine neue Schule. Das war die vierte in nicht einmal sechs Jahren. Kaum hatte er drei Fünfen hintereinander geschrieben, waren seine Eltern der Meinung, sie müssten eine andere Schule für ihn suchen. Eine, auf der endlich mal jemand erkannte, wie hochbegabt er eigentlich war. Pfff, so ein Blödsinn …

Während Carlo zögernd aus dem Wagen stieg, stand sein Vater schon samt Gepäck neben dem Kofferraum. »Also dann, mein Sohn.« Er gab ihm einen Klaps auf die Schulter. »Du wirst schon sehen, wie wohltuend es ist, wenn du mal nur mit Kindern deiner Kragenweite zusammen bist«, sagte er.

Was meinte er damit? Kinder, die so wie er um ein Haar sitzen geblieben waren, weil sie angeblich auf ihrer alten Schule unterfordert gewesen waren? Oder meinte er Kinder, deren Familien auch mehr Geld hatten, als sie auf vernünftige Weise ausgeben konnten? Kinder, die man in die Pampa schickte, weil das angeblich das Beste für sie war.

Mit der Sporttasche über der Schulter folgte Carlo seinem Vater, der bereits den Rollkoffer die Treppe zum Eingang hochhievte. Eine breite Tür aus schwarzem Holz und darüber eine Inschrift: *Scientia potentia est*. Latein … klar, sein Vater sah ihn erwartungsvoll an.

»Wissen ist Macht«, murmelte Carlo. Den Spruch hatte er zu Hause schon öfter zu hören bekommen.

Da ging auch schon die Tür auf, und ein ziemlich dicker Mann mit Schnurrbart musterte sie, als ob er zwei Verbrecher vor der Nase hätte. »Carlo Karfreitag, nehme ich an«, brummte er. »Sie kommen aber sehr spät …« Er deutete ein Nicken an. »Grundeis, ich bin hier der Hausvater.«

»Tut mir leid«, sagte Carlos Vater, »aber ich hatte noch einen wichtigen Termin. Ich …«

»Nun kommen Sie mal rein«, unterbrach ihn der Mann und trat einen Schritt zur Seite. »Da geht's lang.« Ohne sich nach ihnen umzudrehen, stapfte er durch die Eingangshalle.

Mit offenen Turnschuhen, die auf den blank polierten Dielen quietschten, schlappte Carlo hinter seinem Vater her. Der Rollkoffer ratterte überlaut und sie kassierten einen strafenden Blick des Hausvaters. Sein Vater presste die Kiefermuskeln zusammen, was er immer tat, wenn er sich wegen irgendwas zusammenriss. Klar, mit so einem Benehmen hatte er nicht gerechnet. Nicht in einem der teuersten Internate des Landes …

Schnaufend führte der Mann sie zwei Treppen hoch und einen Gang entlang, an dessen Wänden gerahmte Fotos hingen und ein Gemälde, das sicherlich den steinalten Leonardo da Vinci darstellen sollte. Dann ging es zweimal um die Ecke und schließlich noch eine schmale gewundene Holztreppe hinauf, bis sie unter dem Dach ankamen. Dort öffnete er eine der Türen und drehte sich zu ihnen um.

»Hier wohnst du«, sagte er. »Dein Zimmergenosse schläft bereits. Sei also bitte leise.«

Carlo spähte in das dunkle Zimmer, aus dem ihm ein Geruch nach Schlaf und schweißigen Socken entgegenkam. Er schluckte. Ein Doppelzimmer? Mit einem wildfremden Menschen sollte er zusammenwohnen? Er starrte in die Düsterkeit, aus der sich allmählich das Bild eines unordentlichen Zimmers herausschälte. Links und rechts standen zwei Betten an den Wänden und dazwischen lagen Klamotten auf dem Boden.

»Schöner Raum. Macht alles einen sehr guten Eindruck«, meinte sein Vater und ließ den Koffer über die

Türschwelle rollen. »Also dann, Carlo, es ist Zeit. Ich habe noch einen langen Rückweg vor mir.«

Entsetzt sah Carlo seinen Vater an. Der konnte ihn doch nicht einfach hier zurücklassen. Dieser grässliche Hausvater und das miefige Zimmer … Das war doch völlig unmöglich! »Papa … bitte …«, stammelte er.

Aber sein Vater hätte seinen Hilferuf nicht einmal gehört, wenn er ihn angebrüllt hätte. Er wollte ihn nicht hören. Ganz offensichtlich hatte er es eilig, den Abschied hinter sich zu bringen. Er gab ihm einen Kuss auf die Wange und drückte ihm den Griff des Koffers in die Hand. »Du wirst dich schnell hier einleben, Carlo, wart es mal ab. Und wenn du was brauchst, meldest du dich. Aber wir haben dir wohl genug Taschengeld mitgegeben.«

»Hier kann man eh nichts ausgeben«, dröhnte der Koloss, der schon mit einem Bein wieder auf der Treppe stand. Er nickte Carlo kurz zu. »Wecken ist morgen früh um sieben. Noch Fragen?«

Carlo schüttelte stumm den Kopf. Sein Herz zog sich zusammen, als ob es der Hausvater mit einer seiner Pranken zusammendrückte. Mit Tränen in den Augen drehte er sich zu seinem Vater um. »Ich will hier nicht bleiben, Papa …«

Doch der gab ihm einen Knuff gegen die Schulter. »Morgen sieht alles schon ganz anders aus«, sagte er.

»Glaub mir, du kannst dich glücklich schätzen, auf so eine gute Schule gehen zu dürfen.« Nein, er ließ sich nicht umstimmen. Der ließ sich doch nie von etwas abbringen, was er sich vorgenommen hatte. Immer musste er alles bestimmen, immer! Und jetzt fuhr er gemütlich nach Hause ...

In Carlo stieg die Wut hoch und die war leichter zu ertragen als das Unglücklichsein. Er ballte die Faust in der Hosentasche. »Der Auserwählte er wirklich sein mag. Aber trotzdem ... große Gefahr ich befürchte durch seine Ausbildung«, murmelte er und warf seinem Vater unter gesenkten Wimpern einen Blick zu. »Yoda zu Obi-Wan Kenobi, Episode eins, Die dunkle Bedrohung.« Trotzig schob er die Unterlippe vor.

Der Hausvater sah ihn an, als ob er an seinem Verstand zweifelte, und sein Vater rollte mit den Augen. Er mochte es nicht, wenn Carlo mit Star-Wars-Sprüchen kam. Seine Eltern konnten Star Wars nicht ausstehen. Für die war ja alles Zeitverschwendung, was einfach nur Spaß machte.

»Hier wirst du auf andere Gedanken kommen, Carlo.« Er wuschelte ihm durch die Haare. »Also, jetzt sei mal tapfer. Mach's gut, mein Sohn.«

»Du auch, Papa.« Mit enger Kehle sah Carlo ihm hinterher, wie er zusammen mit dem Hausvater auf der Treppe verschwand. Auf der letzten Stufe drehte er sich noch einmal um und winkte ihm zu. Aber Carlo winkte nicht zurück. Er hatte immer noch die Fingernägel in den Handballen gepresst, so fest, dass es wehtat. Ein paar Sekunden stand er in der halboffenen Tür, bis er schließlich den Koffer und die Sporttasche nahm, sie zu dem leeren Bett rechts an der Wand zog und sich daraufplumpsen ließ. Puh!

Auf einmal war er furchtbar müde … Er kippte den Inhalt des Koffers auf den Holzboden und wühlte nach seinem Schlafanzug. Als er im Bett lag, drückte er die Nase ins Kissen. Es roch nach einem anderen Waschmittel als zu Hause. Und wo war Godzilla? Seufzend streckte er den Arm aus, zog seinen abgewetzten Plüschdino aus dem Wäscheberg hervor und stopfte ihn zu sich unter die Bettdecke. Der Junge da drüben in dem anderen Bett würde ihn sicher auslachen, wenn er ihn mit Kuscheltier erwischte.

Eine Ewigkeit lag er wach und starrte an die Decke. Was hatte seine Mutter gesagt? »Was man in der ersten Nacht in einem neuen Heim träumt, das wird wahr.« Na super – er war sich sicher, dass er in diesem schrecklichen Internat nichts als Albträume haben würde.

Die Firma 1

»Die Vorbereitungen laufen reibungslos.« Kyra senkte automatisch die Stimme, obwohl sie wusste, dass niemand ihr Gespräch mithören konnte. Die anderen Büros auf der Etage waren noch nicht vermietet, und so waren sie hier oben, im zwölften Stock eines Hochhauses mitten in der Stadt, völlig unbeobachtet. Kyra hatte alles sorgfältig geplant. Sie hatte auch dafür gesorgt, dass sie nicht geortet werden konnten: Jeder im Raum musste sein Handy in einem Off-Pocket aufbewahren, dessen Hülle alle Funksignale blockierte. Und der Name der Villa durfte natürlich auf keinen Fall genannt werden.

Sie ging zwar nicht davon aus, dass ihr Plan von irgendjemandem verraten werden würde – aber Vertrauen war gut, Kontrolle war besser. Um nichts in der Welt wollte sie riskieren, dass das Projekt »Villa X« so kurz vorm Ziel doch noch aufflog.

»Wir sind absolut im Zeitplan«, fuhr sie fort und sah aus dem Fenster, von dem aus man über die halbe Stadt schauen konnte. »Die technischen Details sind geklärt, sagt Max. Er hat alles Nötige besorgt. Den Sprengstoff, den Hubschrauber, die Druckluftanlage. Die Rohre will er schon in einer der nächsten Nächte verlegen. Er wird deine Hilfe brauchen, Pierre, auch für die Kabel.«

»Max soll einfach Bescheid geben, wenn er losfahren will.« Pierres Stimme war kein bisschen gedämpft. »Das wird genial!« Siegesgewiss ballte er die Hand. Es war eine Hand, die fast die Ausmaße einer mittelgroßen Pizza hatte.

Wenn Kyra das Gehirn der Firma war, dann konnte man Pierre als die Faust des Ganzen bezeichnen. Er war kein dummer, brutaler Schlägertyp. Sonst hätte Kyra ihn auch nicht für das Projekt ausgewählt. Aber wenn es darauf ankam, dann war er in der Lage zuzuschlagen. Und natürlich war es nicht völlig auszuschließen, dass diese Eigenschaft am Ende ausschlaggebend war – im wahrsten Sinne des Wortes.

Für Kyra war Gewalt jedoch nur eine Notlösung. Wenn wirklich alles ablief wie geplant, würde die Aktion auf eine intelligente Weise zum Erfolg führen. Sie würden nicht durch Brutalität, sondern durch ihre Klugheit und ihren Wissensvorsprung siegen. So wie es in der Satzung der Firma festgehalten war. Paragraf 1, Absatz 1: **Das Startkapital der Brainwin GbR ist Wissen – und Wissen ist Macht.**

Der Junge auf der anderen Seite des Zimmers hatte die halbe Nacht lang Geräusche gemacht. Das Geschnorchele und Geschnarche war nicht auszuhalten gewesen. Und jetzt, nachdem sein Plastikhahn-Wecker gekräht hatte, gab er erst recht keine Ruhe. Er pfiff vor sich hin und sprang im Zimmer herum.

»Wo ist denn meine verdammte Unterhose?«, fragte er, offenbar ohne eine Antwort zu erwarten.

Durch die halb geschlossenen Lider hindurch bekam Carlo mit, dass der Junge tatsächlich nur in der Pyjamajacke herumturnte. Endlich angelte er ein Paar karierte Boxershorts von seiner Schreibtischlampe.

Carlo seufzte. Solange er sich erinnern konnte, hatte er ein Zimmer für sich allein gehabt. Ein schönes, ruhiges Zimmer, wo jeder anklopfen musste, der reinwollte, vor allem sein großer Bruder Richard. Und plötzlich war da jemand, dem er zukucken musste, wie er sich die Unterhose anzog.

»Ah, du bist wach«, sagte der Junge, während er auf einem Bein durchs Zimmer taumelte und sich mit dem anderen in seinen Shorts verhedderte. »Was ist los? Was kuckst du?«

»Nichts«, antwortete Carlo. »Ich will nur nicht verpassen, wie du umkippst.«

»Ha ha«, kicherte der Junge. Er hüpfte zu Carlos Bett herüber, obwohl er die Boxershorts noch nicht richtig anhatte.

Carlo kniff die Augen zu. »Hallo, ich bin Hamid, herzlich willkommen«, hörte er ihn sagen. Als er die Augen vorsichtig öffnete, stand der Typ vor ihm, mit nacktem, magerem Oberkörper. Aber immerhin hatte er jetzt untenrum was an.

»Und du bist also Carlo«, sagte er, während er sich in ein hellblaues Oberhemd hineinwurschtelte. Weil er die Knöpfe nicht aufgemacht hatte, passte sein Kopf nicht richtig durch den Kragen und er blieb stecken. Er kämpfte, bis immerhin seine schwarzen Locken und seine dunklen Augen herauskuckten.

»Car-lo Kar-frei-tag«, sagte er. Bei jeder Silbe riss er ruckweise an seinem Hemd. Und zack!, hatte er es endlich über seine Segelohren gezogen. »Kannst du alles wieder einpacken«, meinte er und schob mit dem Fuß die Sachen aus Carlos Koffer zusammen. »Haben dir deine Eltern keine Schuluniform gekauft?«

Carlo gab seinen Widerstand auf. Er schwang sich aus dem Bett und zog das himmelblaue Hemd und den grauen Anzug hervor, den der Karfreitag'sche Schneider extra für ihn genäht hatte. »Doch«, sagte er, »haben sie. Muss man den etwa immer anhaben?«

»Fast immer. Beim Fechten und Reiten und Tennisspielen und Ballett natürlich nicht. Und auf dem Zimmer auch nicht.« Der Typ namens Hamid setzte sich auf sein Bett und angelte mit dem Fuß einen Lederschuh darunter hervor.

Carlo runzelte die Stirn. *Musste* man das alles hier machen? Fußball war das Einzige, was er wirklich gut konnte.

»Schach gilt auch als Sport«, erklärte Hamid, während er versuchte, die Schnürsenkel aufzufummeln.

Schach! Carlo hasste Schach. Er hatte noch kaum über die Tischkante kucken können, als sein Großvater ihm Schach beigebracht hatte. Bei jedem Besuch musste er gegen ihn spielen, und er hatte noch nie gewonnen. Wie denn auch? Karl-Heinz Karfreitag war ja quasi ein Genie.

Der Junge sah ihn interessiert an. »Und dein Opa ist tatsächlich Nobelpreisträger?«, fragte er, gerade so, als könnte er Gedanken lesen.

Mann, wie hatten es seine Eltern nur geschafft, ihre Lieblingsinformation auch hier im Internat schon unters Volk zu bringen? »*Wussten Sie eigentlich, dass Carlos Großvater der jüngste Nobelpreisträger aller Zeiten ist?*« – Seit seinem ersten Tag in der Grundschule hatten sie dafür gesorgt, dass jeder mitbekam, wie berühmt sein Großvater war.

Natürlich gab es Schlimmeres, als einen Nobelpreisträger in der Familie zu haben. Einen Serienkiller zum Beispiel. Aber trotzdem – er hatte es satt, immer mit der Nase darauf gestoßen zu werden, der Enkel des genialen Karl-Heinz Karfreitag zu sein. Des Mannes, der mit vierundzwanzig Jahren eine psychologisch basierte Systemtheorie des mikroökonomischen Paradigmenwechsels im makroökonomischen Kreislauf entwickelt hatte. Keiner in der Familie hatte auch nur die geringste Ahnung, worum es dabei eigentlich ging, ausgenommen vielleicht Richard, Carlos superschlauer Bruder. Aber alle waren stolz wie Bolle. Und das Übelste an der Sache war, dass seine Eltern auch von ihm Höchstleistungen erwarteten. Egal, wie schlecht seine Schulnoten waren.

Hamid zerrte immer noch an seinen Schnürsenkeln herum. Schließlich gab er auf, nahm ein Taschenmesser von seinem Nachttisch und schnitt den Knoten einfach durch. »Geht doch«, murmelte er. Dann drehte er sich zu ihm. »Willst du dich nicht anziehen?«, fragte er. »Es gibt gleich Frühstück.«

Doch Carlo reagierte nicht. Er hatte den Plüschelefanten entdeckt, der auf Hamids Kopfkissen hockte. Ein ebenso schmuddeliges dickes Monster wie Godzilla.

»Ist was?«

»Nö.« Ein kleines bisschen erleichtert zog er seinen Dino unter der Decke hervor und setzte ihn aufs Bett. Dann kramte er hastig alles zusammen, was er brauchte, und verschwand damit im Badezimmer.

Als er in seinem neuen Anzug aus dem Bad kam, fühlte er sich wie verkleidet. Hamid stand schon wartend an der Tür. »Grundeis hat gesagt, ich soll dir alles zeigen. Fangen wir mal mit dem Frühstücksraum an. Also, dann los!«, sagte er und riss die Tür so schwungvoll auf, dass sie ihm aus der Hand flutschte und gegen die Wand knallte.

Carlo zuckte zusammen. Was für ein Chaot …

Ohne Hamid hätte er sich garantiert verlaufen. Die Villa da Vinci war ziemlich verschachtelt, mit Treppen und Fluren, auf denen sie mal nach links, mal nach rechts abbogen. »Mädchenzimmer, Jungszimmer, Maries Zimmer!«, schmetterte Hamid, während sie an den geschlossenen Türen im zweiten Stock vorbeigingen. Auf der mittleren Etage, wo die Lehrer wohnten, war der Holzboden mit dicken Teppichen belegt. »Lachnitz, O'Neill und hier die heiligen Räume der Gnädig!« Er zeigte in verschiedene Richtungen und sauste schon die nächste Treppe hinunter, die zu den Klassenräumen führte. »Das Souterrain lassen wir heute mal aus, da wohnt unser Hausdrachen«, sagte er, während sie durch die Eingangshalle liefen. »Jetzt geht's in den Frühstücksraum.«

Als sie um die Ecke bogen, war der Lärm nicht mehr zu überhören. Es klang, als tobte die Schlacht der Klonkrieger hinter der Milchglastür, auf die sie zusteuerten.

Carlo klopfte das Herz, als er den Raum betrat. Circa fünfzig Gesichter drehten sich zu ihm um. Merkwürdig sah das aus – alle Leute trugen die gleichen Sachen, grau und hellblau, genau wie er selbst. Sie guckten ihn an, als wäre er ein Kamel mit zwei Köpfen.

»Der neue Omega«, hörte er es tuscheln.

»Der Ärmste muss bei Hamid schlafen.«

»Passt doch …«

Er starrte auf das Fliesenmosaik des Fußbodens und zupfte an seinem Ohrläppchen. Plötzlich wurde er sich seines altmodischen Topfschnitts, seiner ungewaschenen mausbraunen Haare und seiner abgeknabberten Fingernägel bewusst. Und was war mit seinem Hemd? Falsch zugeköpft. Auch das noch …

»Hey, Karfreitag! Grundeis hat gesagt, ich soll dir die Hausordnung geben.« Am letzten Tisch in der Ecke stand ein schlaksiger Junge auf. Er hob den Arm, und eine Papierschwalbe segelte auf Carlo zu, knapp an seinem Kopf vorbei. Gelächter rollte durch den Raum. Vor allem ein Mädchen mit hellbraunen Locken, die ihr fast bis zum Hintern reichten, gackerte laut.

Carlo hob die Schwalbe auf und glättete das Papier. Bloß nichts sagen, was die noch mehr zum Gackern brachte. Wie er das hasste. An jeder Schule war er erst mal der Neue in der Klasse gewesen, der im Mittelpunkt stand.

Eines der älteren Mädchen, eine große Sportliche mit raspelkurzen, rot gefärbten Stoppeln auf dem Kopf, schrie los: »Ruhe, ihr Vollpfosten! Kümmert euch um euren eigenen Kram.«

Pffff … als hätte man einen Luftballon angestochen, gab es nur noch ein kurzes Zischen, dann war es still.

»Die Gräfin«, murmelte Hamid und schob Carlo zu einem der Sechsertische, an dem noch alle Plätze frei waren. Auf dem Tisch standen ein Korb mit Brötchen, daneben Butter, Marmelade, Honig und Käse. »Kakao oder Tee kannst du dir da drüben holen«, sagte er und zeigte zu einer breiten Theke hinüber. »Soll ich dir was mitbringen?«

»Kakao«, sagte Carlo dankbar. Ahnte Hamid, dass er nicht scharf darauf war, einmal quer durch den Raum zur Theke zu gehen? Mit Sicherheit hätte er auf dem Rückweg den Kakao verkleckert. So was passierte ihm ja schon, wenn ihn nicht fünfzig Augenpaare anstarrten.

Hamid kam mit zwei randvollen Bechern zurück, die er vorsichtig abstellte. Während er seinen Kakao trank und ein Croissant einstippte, quasselte er ununterbrochen. Er flüsterte ihm in einem Affentempo alle möglichen Informationen zu, wovon Carlo sich nur das wenigste merken konnte.

Die große Rothaarige war die Älteste an der Schule. Sie hieß Marie Gräfin von Schaumschlag oder so ähnlich, und sie war fast so wichtig wie Grundeis und Frau Doktor Gnädig, die Direktorin.

»Wer sich mit Marie anlegt, kriegt schneller Ärger, als er denken kann. Dabei gibt es einige an dieser Schule, deren Gehirn ziemlich schnell arbeitet.« Hamid grinste. »Das sind die klugen Köpfe, denen die Villa da Vinci ihren guten Ruf verdankt. Die meisten sind allerdings eher aus anderen Gründen hier gelandet, ehrlich gestanden.«

Carlo ahnte, was er damit sagen wollte: Das hier war ein Internat, auf das vor allem die kamen, die woanders nicht klargekommen waren. Er musterte Hamid aus dem Augenwinkel. Sag bloß, die hatten ihm so einen

Typen wie Richard als Zimmergenossen gegeben. Einen von den Intelligenzbolzen, die er sich als Vorbild nehmen sollte.

Dann wanderte sein Blick zu dieser Marie. Also, eine Gräfin hatte er sich anders vorgestellt. Nicht mit solchen Haaren und jeder Menge Ohrringen, und schon gar nicht mit einem Schlangentattoo am Hals. Aber auch Frau Doktor Gnädig sah in ihrem knallgelben Kostüm nicht gerade wie eine Direktorin aus. Wie ein aufgeplusterter Riesenkanarienvogel hockte sie an einem Tisch in dem Wintergarten, der sich an den Speisesaal anschloss.

»Diese Gnädig sieht ja ulkig aus«, sagte er leise.

Hamid nickte. »Ja, sie wirkt harmlos, aber ich würde sie nicht unterschätzen. Ohne sie wäre das Ganze hier nichts anderes als ein durchgeknallter Haufen von Hoch-, Mittel- und Tiefbegabten.«

In diesem Moment meldete sich der Hausvater über die Sprechanlage und verkündete, dass in zehn Minuten der Unterricht begann. *Wrummm!* Das Schlachtgetümmel entbrannte aufs Neue. Mit Geschrei, Gegröle und Geschubse drängelten alle zur Tür hinaus. Auch Carlo stand auf. Mit ziemlich gemischten Gefühlen trottete er hinter den anderen her.

Der Schreibtisch, hinter dem die Direktorin thronte, sah so bedeutend aus wie der von Carlos Mutter in ihrem Oberbürgermeisterinnenbüro. Carlo rutschte auf dem Stuhl hin und her. Er wünschte, er hätte kippeln können. Gespräche mit der Schulleitung machten ihn nervös.

»Nun, Carlo«, sagte Frau Doktor Gnädig, »wie ich gesehen hab, hast du dich schon mit deinem Zimmergenossen angefreundet.«

Er zuckte mit den Schultern. Von Freundschaft konnte man ja wohl nicht reden, nur weil Hamid und er zusammen gefrühstückt hatten. »Bin ich mit dem in einer Klasse?«, fragte er.

»Hamid ist in der Alpha«, erwiderte die Direktorin mit einem vielsagenden Blick, den Carlo nicht verstand. Dann erklärte sie ihm, dass es in der Villa da Vinci keine Klassen, sondern altersübergreifende Lerngruppen gab. Wie jeder, der aufs Internat kam, würde Carlo erst einmal bei Herrn Lachnitz in der Omega-Gruppe mitmachen. Nach einem halben Jahr würde er seiner Begabung entsprechend einer der anderen Gruppen zugeordnet werden. »Aber ob du zu Hamid in die Gruppe der Hochbegabten kommen wirst …« Sie warf einen Blick in die Unterlagen auf ihrem Tisch und ließ einen Seufzer hören – im selben Moment, in dem auch Carlo tief Luft holte. Na bitte, da hatte er diesen Hamid ja richtig eingeschätzt.

»Bei den Omegas wirst du dich wohlfühlen. Herr Lachnitz ist ein exzellenter Lehrer«, sagte die Direktorin jetzt. »Und wenn ich dir einen Rat geben darf: Verkneife es dir, ihn Lachnicht zu nennen.« Damit war er entlassen.

Das Zimmer der Omega-Gruppe war im Turm der Villa untergebracht. Als Carlo die Tür mit dem goldenen Ω öffnete, war ihm flau im Magen vor Nervosität. Er schaute in einen runden Raum, dessen Parkett rötlich schimmerte. Auf den Stühlen im Kreis saßen vier Kinder und der glatzköpfige Herr Lachnitz, den er schon beim Frühstück im Wintergarten gesehen hatte. Alle hatten einen Laptop auf einem Ausklapptischchen vor sich und hoben wie auf Kommando die Köpfe.

»Carlo Karfreitag, nur herein! Willkommen bei den Omegas.« Der Lehrer winkte ihm freundlich zu, und dann bat er die anderen, sich kurz vorzustellen.

Carlo saß noch nicht ganz, da begann schon einer der Jungen zu reden. Thomas von Thalen, genannt Tom. Ein braun gebrannter Typ mit blonden Haaren und strahlend weißen Zähnen, der solche Muskeln hatte, dass die Anzughose über seinen breiten Oberschenkeln spannte. »Wenn's irgendwelche Probleme gibt, sag Bescheid«, meinte er und grinste ihn an.

Rechts und links neben Tom saßen zwei Mädchen, Agneta und Frederike. Agneta war so winzig, dass

Carlo kaum glauben konnte, dass sie schon neun Jahre alt war. Ihre weißblonden Haare waren fisselig und fluffig wie Zuckerwatte. Sicher zupften die anderen ständig an ihr herum und veralberten sie. Doch als sie den Mund aufmachte, klang sie ziemlich selbstbewusst. Sie erzählte mal eben so, dass sie auf dieser Schule war, weil sie schon mit fünfzehn Abi machen wollte.

»IQ von circa hundertfünfzig«, raunte Tom ihm zu.

Der Nächste in der Runde kam ihm bekannt vor. Das war doch der Blödmann, der ihm die Schwalbe an den Kopf geworfen hatte, oder nicht? Ausgerechnet mit dem musste er in einer Gruppe sein. Er tat so, als würde er Carlo das erste Mal sehen, und stellte sich als Fabian Fürstenberg, vierzehn Jahre und der Cousin von Tom vor.

Dann war Herr Lachnitz an der Reihe. »Was mir wichtig ist, Carlo«, sagte er. »Ich sehe mich nicht als Lehrer, sondern als Wegweiser, wenn du verstehst, was ich meine.«

Als Wegweiser? Gab es nicht eine *Star Wars*-Episode, die *Wegweiser ins Unheil* hieß oder so ähnlich? Er sah den Lehrer vor sich, wie er mit ausgebreiteten Armen an einer intergalaktischen Kreuzung stand, während sich das Sternenlicht in seiner Glatze spiegelte. Er biss sich auf die Lippen, um nicht zu kichern.

Tom starrte ihn an. »Lach nicht«, sagte er todernst.

Mann, nun musste er natürlich erst recht losprusten. Sogar ein paar Krümel seines Frühstücksbrötchens landeten vor ihm auf dem Ausklapptischchen. Hastig wischte er sie mit dem Ärmel seines Jacketts weg.

»Freut mich, dass du so fröhlich bist, Carlo«, meinte Herr Lachnitz. »Vielleicht erzählst du mal, worüber du dich so amüsierst.«

Jetzt musterten ihn fünf Augenpaare und eigentlich sahen nur die blauen Augen von Agneta wirklich freundlich aus. Ach je, da hatte er sich gleich in der ersten Stunde mal wieder zum Klassenclown gemacht. Das fing ja gut an.

Die Firma 2

Kyra öffnete die Tür und ließ Maximilian und Pierre in die Zentrale. Max balancierte drei Pappbecher mit Milchkaffee, die er hastig auf dem großen Tisch in der Mitte des Raums abstellte. »Heiß, diese Dinger!«, fluchte er und pustete sich auf die Finger.

»Da seid ihr ja endlich! Habt ihr alles fertig?«, fragte Kyra.

»Klar, die Rohre sind installiert. Und gestern haben wir die Kabel verlegt.«

»Hat euch auch niemand beobachtet?«

Max zuckte die Schultern. »Die Gegend ist wie ausgestorben. Aber selbst wenn uns jemand gesehen haben sollte: Wer interessiert sich schon für zwei Elektriker, die was zu reparieren haben?«

»Und was ist mit den Druckluftgebläsen?«, hakte sie nach.

»Die Dinger sind am auffälligsten. Ich installiere sie erst, kurz bevor es losgeht. So wie wir's besprochen haben.« Max legte ihr den Arm um die Schulter. »Nun entspann dich mal. Du musst nicht alles kontrollieren.«

Kyra stülpte die Unterlippe vor und blies sich eine ihrer hellblonden Ponyfransen aus der Stirn, eine Geste, die zeigen sollte, dass sie genervt war.

»Max hat recht, Kyra«, sagte Pierre und ließ sich in

einen Bürostuhl fallen. »Seitdem die Sache ernst wird, bist du kein bisschen mehr locker. Das Ganze soll doch auch Spaß machen, oder?«

Sie sah auf ihn hinunter. »Spaß? Jemand, der auf einen Schlag mehrere Millionen verdient, muss nicht unbedingt auch noch Spaß haben.«

»Doch!«, entgegnete Maximilian. »Wenn wir nicht locker bleiben, haben wir schon verloren. Wir müssen flexibel reagieren können, falls die Anlage nicht hundertprozentig funktioniert.«

»Was?« Kyras Augen wurden schmal vor Zorn. »Ich bin davon ausgegangen, dass nichts schiefgehen kann.«

»Wird es auch nicht. Aber ein Restrisiko gibt es immer. Schließlich hat noch nie jemand etwas in dieser Größe ausprobiert. Reg dich ab, Kyra, ich krieg das hin.«

Maximilian war der Techniker der Gruppe, ein schlanker, dunkelhäutiger junger Mann mit modischer Brille. Er besaß nicht nur das Know-how, sondern auch das Fingerspitzengefühl, um alle nötigen Apparaturen anzufertigen. Wochenlang hatte er recherchiert, Pläne gezeichnet und Berechnungen angestellt. Auch wenn Kyra die Gründerin der Firma war – diese Anlage, das war sein Baby!

Pierre holte die Kaffeebecher, die inzwischen nicht

mehr ganz so heiß waren, um auf die Zukunft anzustoßen.

»Schade, dass Valeria nicht dabei ist«, sagte Max und hob seinen Becher. »Auf die Firma!«

Die Anspannung der letzten Minuten war verflogen. Die drei prosteten sich zu. »Auf die Firma! … Auf die Villa X! … Auf supergute Tage!«

Der Vormittag war wie im Flug vergangen, als würde die Uhr hier schneller ticken als sonst in der Schule. Unglaublich, aber ihre einzige Aufgabe war gewesen, im Internet drei Themen zu finden, die sie interessierten, und sich dazu Stichworte zu notieren. Herr Lachnitz hatte währenddessen Zeitung gelesen und sich kein einziges Mal eingemischt.

Jetzt war Mittagspause, und die ganze Omega-Gruppe saß im Speisesaal zusammen. Carlo hatte Hunger, weil er beim Frühstück vor lauter Aufregung kaum etwas herunterbekommen hatte. Während er sich eine Gabel voll Lasagne in den Mund schaufelte, wollte Agneta wissen, welche Themen er sich ausgesucht hatte.

»Computerspiele. Drei verschiedene«, antwortete er nuschelnd.

»Und hast du nur gespielt oder auch recherchiert und was aufgeschrieben?«, fragte Fabian.

»Klar hab ich recherchiert! Als Erfinder des ersten Computerspiels gilt der Physiker William Higinbotham. *Tennis for Two* – das war 1958. Die ganze Anlage war damals noch fünf Meter breit. Aber er hat nie ein Patent auf diese Erfindung angemeldet.« Carlo fuchtelte so mit dem Löffel herum, dass er sein neues Hemd mit Tomatensoße bekleckerte.

»Idiot.«

Carlo zog die Augenbrauen zusammen. Meinte Fabian ihn oder William Higinbotham? »Mein Bruder entwickelt auch gerade eine neue Erfindung, als Teil seiner Doktorarbeit«, rutschte es ihm heraus.

»Um was geht es denn?«, fragte Agneta.

»Das verrät er natürlich nicht. Sonst schnappt ihm das noch jemand weg. Und mein Cousin, der ist auch Physiker, der erfindet auch gerade was Wichtiges.« Noch während er sprach, ärgerte er sich über sich selbst. Sein wann protzte er denn mit seiner oberschlauen Verwandtschaft? Fehlte ja nur noch, dass er von dem Nobelpreis erzählte …

Fabian verzog spöttisch das Gesicht. »Im Erfinden scheint ihr ja ganz groß zu sein in eurer Familie«, murmelte er.

Tom legte Carlo die Hand auf den Oberarm. »Sag

mal, ist dein Vater nicht im Vorstand der Worldfusion AG?« Jetzt strahlte er ihn geradezu begeistert an. »Und deine Mutter ist in der Politik, hab ich gehört. Oberbürgermeisterin … echt spannend.«

»Ja, stimmt …« Das Thema fing an, Carlo auf die Nerven zu gehen. Zum Glück drehte sich in diesem Moment Hamid, der am Nebentisch mit ein paar Leuten aus seiner Alpha-Gruppe saß, zu ihnen um. Er wollte wissen, ob jemand Lust hatte, am Nachmittag Fußball zu spielen. Fabian und Tom schlugen dagegen ein Hockeyspiel vor, und über das allgemeine Gequatsche und Gezanke rutschte seine großartige Familie erst mal ins Abseits.

Eine Viertelstunde später fischte Carlo seine Turnschuhe aus dem Wäscheberg vor seinem Bett. Zu Hause hätte Frau Lehmann den natürlich längst weggeräumt. Solange wie er zurückdenken konnte, kam sie jeden Nachmittag für drei Stunden, und danach sah das ganze Haus wieder ordentlich aus. Aber in der Villa war jeder für sein Zimmer selbst verantwortlich. »Selbstbestimmte Alltagsbewältigung« nannten die das hier.

Als er sein Handy holte, um zu sehen, ob ihm jemand eine Nachricht geschickt hatte, winkte Hamid ab.

»Vergiss es«, meinte er. »Wir sind hier in einem verdammten Funkloch. Das ist wohl der einzige Ort auf der Welt, wo man absolut keinen Empfang hat. Du kannst skypen, wenn das WLAN läuft. Aber das schaltet die Gnädig nur zu bestimmten Zeiten ein. Wir sollen das Internet nutzen, um uns zu bilden, aber sonst möglichst nicht, sagt sie.«

»Den Spruch kenn ich.« Carlo warf sein Smartphone auf den Wäschehaufen. Eigentlich fand er es ganz okay, nicht ständig mit dem Handy unterwegs zu sein. Aber er hätte trotzdem gerne gewusst, ob die zu Hause an ihn dachten. Mama oder Papa oder womöglich sogar Richard oder Frau Lehmann. Oder jemand aus seiner alten Klasse, auch wenn er da kaum lange genug gewesen war, um Freunde zu finden. Plötzlich war er richtig erleichtert, dass sein Handy nicht funktionierte. Vielleicht hatte ja niemand versucht, ihn zu erreichen …

Am nächsten Tag, kurz vor dem Abendessen, lag Carlo im Zimmer auf dem Sofa und lutschte an seinem Daumen, den er sich beim Bildhauerkurs blau gehauen hatte. Er war müde von all den neuen Eindrücken, die in so kurzer Zeit auf ihn eingeströmt waren. Der ungewöhnliche Unterricht am Vormittag, die Nachmittagskurse in Kunst und Sport und dann noch das ständige Gequassel von Hamid, der eigentlich nur still war, wenn er am Computer saß.

Auch jetzt hockte er an seinem Schreibtisch am PC und beschäftigte sich mit etwas, das er Algorithmen nannte. Er murmelte unverständliches Zeug vor sich hin, bis er sich plötzlich mit Schwung auf seinem Schreibtischstuhl umdrehte. »Übrigens, du bist genau zum richtigen Zeitpunkt gekommen«, sagte er. »In drei Wochen ist das Schulturnier!«

Dann begann er in seiner schnellen, übereifrigen Art zu erzählen: Das legendäre Turnier war der Höhepunkt des Schuljahres, wichtiger noch als der letzte Tag vor den Sommerferien. Die sechs Internate, die als die besten des Landes galten, kämpften ein Wochenende lang um die goldene Albert-Einstein-Medaille. Es würde sieben Wettkämpfe geben: in Mathematik, Physik und Englisch sowie eine Zukunftswerkstatt, in der es um die Lösung aktueller Probleme auf der Welt ging, und einen Debattier-Wettbewerb, bei dem man irgendein Thema bekam, über das man so überzeugend wie möglich reden musste. Die beiden Kampfspiele am Sonntag waren dann Teil des Abschlussfestes, zu dem auch die Verwandten eingeladen waren. Vormittags gab es Ritterspiele, wo jeweils zwei Mannschaften mit Gummischwertern gegeneinander kämpften. Und danach kam das große Paintball-Turnier, da traten alle sechs Schulen gleichzeitig an.

»Ich bin bei Mathe, so wie Marie. Und du … wozu

hättest du Lust?« Hamid rollte auf seinem Stuhl Richtung Sofa und musterte Carlo, als könnte er ihm die Antwort an der Nasenspitze ablesen.

Lust? Wozu er Lust hatte? Am liebsten würde er bei einem *Star Wars*-Quiz mitmachen. Das war das Einzige, wo er garantiert gut abschneiden würde. »Paintball klingt spannend«, sagte er zögernd. »Das ist doch das, wo man sich mit Farbe beballert, oder?«

»Genau«, erwiderte Hamid. »Und deshalb wollen das auch die meisten machen. Wir brauchen dringend noch Leute für die anderen Gruppen.« Immer noch schaute er ihn an wie ein Arzt, der jemanden mit einer seltenen Krankheit vor sich sitzen hat. »Du müsstest doch eigentlich gut in den Debattierclub passen«, sagte er. »Ich wette, bei euch zu Hause wird schon beim Frühstück über alles Mögliche diskutiert.«

Carlo grinste schief. Na, da lag Hamid aber voll daneben. Wenn sie tatsächlich am Sonntag mal alle zusammen frühstückten, dann gab es vor allem ein Thema – und das waren seine miesen Schulleistungen und die Tatsache, dass er zu viel Zeit am Computer verbrachte. Und groß diskutiert wurde da schon gar nicht. Vor vier Wochen hatte seine Mutter ohne Vorankündigung all seine Spiele und DVDs einkassiert.

»Ein Wirtschaftsboss und eine Politikerin … die finden Debattieren bestimmt klasse«, redete Hamid weiter. »Die können doch sicher jeden an die Wand quatschen.«

»Da hast du ausnahmsweise mal recht«, seufzte Carlo. »Woher weißt du das eigentlich über meine Familie?«

»Steht in deiner Schulakte.« Hamid legte die Füße aufs Sofa.

»Und die hast du gelesen? Kann man sich die einfach so ankucken?«

»Na ja, wenn man das Passwort für die Datei mit den Schulinterna knackt …«

»So was kannst du?«

Jetzt lächelte Hamid so breit, dass seine Mundwinkel fast bei den Ohren ankamen. »Das ist meine Spezialität. Wusstest du übrigens, dass die 10 000 beliebtesten Passwörter so häufig verwendet werden, dass man damit 98,1 Prozent aller Accounts knacken kann? Und das, obwohl es über sechs Billiarden Möglichkeiten geben würde, wenn man eine achtstellige Kombination nimmt. Die Leute sind einfach zu dusselig, sich anständige Passwörter auszudenken.«

»Und wie ist das vom Schulcomputer?«

»Rate mal. Es sind neun Zeichen.«

Carlo zuckte mit den Schultern. Da kam er doch nie im Leben drauf.

Hamid hob den Zeigefinger. »Erste Regel: Du musst

wissen, wer das Passwort ausgesucht hat. Das ist das Wichtigste.«

»Und wer war das?«

»Lachnicht. Die Gnädig hat ihn extra eingestellt, damit er den ganzen Computerkram übernimmt.«

Carlo knabberte an seiner Unterlippe. Hm, was wusste er schon über seinen neuen Lehrer? Eigentlich fast nichts … An den beiden ersten Schultagen hatte er nicht gerade viel geredet. »Ich halte nichts von Frontalunterricht«, hatte er gesagt. Plötzlich machte es klick. Er zählte die Buchstaben an den Fingern ab und es passte. »Ich glaube, ich weiß es«, sagte er. *»Wegweiser!«*

Hamid nickte anerkennend. »Für jemand, der schon aus drei Schulen rausgeflogen ist, bist du ziemlich schlau, finde ich.«

»Ich bin nicht rausgeflogen. Ich bin freiwillig gegangen worden.«

»Warum eigentlich? Was das angeht, steht nicht viel drin in deiner Akte.«

»Tja … irgendwie wollen meine Eltern nicht kapieren, dass ich nicht so schlau bin wie mein Bruder. Sie reden sich ein, dass es an der Schule liegt. Und hier soll endlich alles besser werden.« Carlo zupfte an einem der Sofakissen herum.

Auf einmal wurde Hamids Gesicht ernst. »Alles besser … Vielleicht wird es das ja wirklich«, sagte er. Es schien, als würde er zu sich selber sprechen. Dann rollte er ganz plötzlich wieder zu seinem Computer zurück und fing an zu tippen. Carlo betrachtete ihn nachdenklich, wie er da mit seinem schmalen Rücken gebeugt über der Tastatur hing, die Locken wirr und ungekämmt. Was wusste er eigentlich über Hamid? Er wuchs ohne Vater auf und seine Familie kam aus dem Irak oder dem Iran oder so ... Aber Genaueres hatte Hamid bisher nicht erzählt.

Auch beim Abendessen, bei dem Carlo mit Tom, Fabian, Marie und Agneta an einem Tisch saß, war das Schulturnier Thema Nummer eins. Tom schwärmte vom Paintball-Turnier, das sicher der größte Spaß des ganzen Wettbewerbs sein würde. Und natürlich versuchte er, Carlo für das Team zu gewinnen. Doch Marie sah die Sache genau wie Hamid: Für Paintball gab es schon viel zu viele Anmeldungen, da wurde niemand mehr aufgenommen.

Tom legte Carlo den Arm um die Schulter. »Wenn du willst, krieg ich dich noch in die Mannschaft«, sagte er verschwörerisch.

»Das glaub ich aber nicht«, meinte Marie.

»Spiel dich bloß nicht so auf, nur weil du in der Alpha bist.« Tom funkelte sie an.

Carlo rutschte auf seinem Stuhl hin und her. Mann,

jetzt fingen die doch wohl keinen Streit an wegen ihm … »Lass mal, Tom«, murmelte er.

»Wie sieht's denn mit Physik aus?«, fragte ihn Marie jetzt. »Dein Bruder und dein Cousin studieren doch beide Physik, oder?«

Er verzog das Gesicht und konzentrierte sich darauf, ein Radieschen mit der Gabel aufzupieksen. Musste denn immerzu irgendjemand von seiner Familie anfangen? »Wenn da ein Wörtchen mitzureden ich habe, sicher nicht«, murmelte er, indem er mal wieder Meister Yoda zitierte.

»Jetzt weiß ich's.« Marie grinste. »Du gehst zu den Ritterspielen. Die reden da auch so verquer.«

»Wieso reden?« Agneta sah sie fragend an. »Ich denke, da kämpft man mit Schwertern.«

Marie erklärte den Neuen, dass die Ritterspiele nicht nur aus Kämpfen nach strengen Regeln bestanden. Die Jury beurteilte auch die Kostümierung, den Auftritt und die Reden der Ritter – wobei die Ritter natürlich auch weiblich sein durften. »Das Ganze ist eher eine Art Schauspiel mit Kampfkunst. Das würde dir bestimmt gefallen«, sagte sie und sah Carlo auffordernd an.

Agneta stand auf und tippte ihm mit dem Brotmesser auf die Schulter. »Ritter Carlo, der Tapfere«, verkündete sie feierlich.

»Mann!« Tom schüttelte den Kopf. »Du wirst dich

doch nicht für so einen Quark entscheiden, wenn es einen richtigen Fight gibt und nicht nur so einen Kasperkram. Beim Paintball bekämpfen sich alle sechs Schulen gleichzeitig!«

»Ich bin sowieso nie gut bei Wettkämpfen«, sagte Carlo und rieb sich das Ohrläppchen. Hoffentlich setzte sich Agneta mal wieder und machte nicht noch mehr Wind um ihn. »Muss man denn unbedingt mitmachen?«

»Von mir aus kannst du auch zu Hause bleiben«, murmelte Fabian.

Carlo kippelte auf seinem Stuhl hin und her. Schon wieder stand er im Mittelpunkt und alle kuckten ihn an. Sogar am Tisch nebenan, wo Hamid saß, hörten sie inzwischen zu. Wie sollte er sich denn da entscheiden können? Sein Blick blieb bei Agneta hängen, die ihm aus ihren himmelblauen Augen zulächelte.

»Na gut«, sagte er, ohne lange nachzudenken, »ich mach bei den Ritterspielen mit.«

Tom stöhnte auf, aber Marie nickte. »Dann häng dich mal rein, Carlo. Die Schwertkämpfe übt die Schubert mit euch, die sonst Fechten unterrichtet.« Als sie ihr Smartphone nahm, wo sie sämtliche Infos zum Turnier notiert hatte, und seinen Namen eintrug, musste er schlucken. Na, hoffentlich hatte er sich da nicht übernommen. Ritter Carlo, der Tapfere …

An einem der folgenden Tage saß Carlo abends im Zimmer und skypte mit seinen Eltern, um von dem Wettkampf zu erzählen – und von dem großen Fest, mit dem das Schulturnier enden würde. Er fragte nicht, ob sie kommen würden, aber insgeheim hoffte er natürlich, dass sie von sich aus draufkamen. Aber sie klangen mal wieder beide schwer beschäftigt. »Papa wird an dem Wochenende in Luxemburg sein und ich bin da leider mitten im Wahlkampf, mein Schatz«, sagte seine Mutter, und er konnte ihr schlechtes Gewissen heraushören. Sie richtete ihm Grüße von Frau Lehmann und Richard aus, die angeblich alle ganz viel an ihn dachten. Für einen Moment kroch das Heimweh in ihm hoch und drückte ihm die Kehle zu. Als das Gespräch zu Ende war, holte er die Dose mit den selbst gebackenen Keksen heraus, die Frau Lehmann ihm mitgegeben hatte, Schokoladenkekse mit Orangenstückchen.

Mit der Dose neben dem Computer sah er sich ein paar Aufnahmen an, die ihm Frau Schubert geschickt hatte, damit er die Bewegungsabläufe beim Schwertkampf studieren konnte. Puh! Das sah richtig kompliziert aus, das würde er sich nie im Leben alles merken können.

Die Tür ging auf und Tom kam ins Zimmer. Er lümmelte sich aufs Sofa und strahlte ihn an. »Sag mal, was hältst du davon, wenn wir das Wochenende zusammen verbringen? Einfach mal ein bisschen zusammen abhängen, ohne die anderen.«

Hey! Schlagartig wurde Carlos Laune besser. Das allererste Wochenende im Internat und schon hatte er eine Verabredung. »Super Idee«, antwortete er. »Wo wohnt ihr denn eigentlich?«

»Wir?« Toms Miene wurde finster, als ob jemand das Licht ausgeknipst hätte. »Ich dachte eigentlich, dass wir zu dir fahren. Holen deine Eltern dich nicht ab?«

»Die haben keine Zeit.« Carlo merkte selbst, wie bitter er sich anhörte.

»Und dein Großvater?«

»Mein Großvater? Der ist gerade irgendwo in den USA, glaube ich. Nee, bei uns passt das nicht, da brauch ich gar nicht erst zu fragen.«

»Tja, dann eben nicht.« Tom klang enttäuscht. Richtig missmutig sah er für einen Moment aus. Ohne Carlo auch nur noch einmal anzuschauen, stand er auf, schnappte sich einen Keks aus der Dose und ging aus dem Zimmer.

Carlo starrte ihm hinterher. Was war das denn? Jetzt verschwand Tom einfach, als hätte er was Falsches gesagt … Irgendwie hatte er das Gefühl, dass Tom mehr an der gesamten Familie Karfreitag interessiert war als an ihm. Schon beim Frühstück hatte er von den sicher tollen Kontakten von Carlos Mutter, dem großen Einfluss seines Vaters und dem Genie seines Großvaters rumgeschwafelt. Ein feiner Stich der Enttäuschung pikste Carlo ins Herz.

»Wenn so mächtig ihr seid, warum dann schon gehen?«, rief er Tom hinterher.

Doch aus ihren gemeinsamen Plänen wäre sowieso nichts geworden. Das machte ihnen Marie auf einer Versammlung klar, die sie extra wegen des Turniers im Speisesaal einberufen hatte. An den letzten drei Wochenenden vor den Wettkämpfen durfte nämlich niemand das Internat verlassen. Da wurde in Arbeitsgruppen gelernt und geübt und sonst nichts, wie sie den Neuen erklärte.

Tom murrte, das wäre Freiheitsberaubung, die man sich nicht bieten lassen dürfte. »So ein Quark«, stöhnte er. »Was soll die Büffelei? Das ist doch alles total übertrieben.« Er fing gleich am nächsten Morgen an, Unterschriften gegen diese unmögliche Anordnung zu sammeln. Aber außer Fabian und Frederike wollte sich niemand an der Protestaktion beteiligen.

Carlo überlegte, ob er ihm zuliebe unterschreiben sollte. Doch eigentlich war es blöd, gegen eine alte Schultradition anzustänkern, wo er erst seit so kurzer

Zeit auf dem Internat war. »Tut mir echt leid, Tommi«, sagte er, als er ihn mit seiner Liste auf dem Schulhof stehen sah, »das ist nicht gegen dich gerichtet.«

Doch Tom schien seine Enttäuschung schon verwunden zu haben. »Spar dir dein Mitleid. Das Ganze ist mir eh nicht so wichtig«, meinte er und klopfte ihm auf die Schulter. Mit einer großspurigen Geste schmiss er die Unterschriftenliste in den Papierkorb.

Carlo sah ihm hinterher, wie er offenbar bester Laune davonschlenderte. So richtig wurde er nicht schlau aus Tom.

Die Firma 3

»Hast du auch eine Kiste Energydrinks besorgt?«, fragte Maximilian und schaute auf den Bildschirm des Rechners, von wo ihm Valeria entgegensah.

»Es ist alles besorgt. Die Vorräte reichen zur Not für zwei Wochen«, antwortete sie. »Aber so lange wird die Aktion ja wohl nicht dauern.«

»Sicher nicht. Die werden alle ganz fix das Geld rausrücken. Und dann gibt's Schampus!«

Maximilian hatte sich noch nie etwas so Teures wie Champagner gegönnt. Wovon auch? Aus seinem Job in einem Ingenieurbüro war er rausgeflogen, weil er sich ständig mit seinem Chef angelegt hatte – einem Typen, der nur halb so viel Ahnung hatte wie er, aber das Dreifache verdiente. Und ausgerechnet an dem Tag, als Max arbeitslos geworden war, hatte sich Kyra bei ihm gemeldet und ihn in ihren Plan eingeweiht. Kyra ... die hatte schon immer die wahnsinnigsten Ideen gehabt! Zuerst hatte er gezögert, hatte Bedenken gehabt. Aber Kyra hatte ihn überzeugt: Wenn man das Ganze intelligent anging, konnte nichts schiefgehen. Niemand würde verletzt werden, niemand wirklich Schaden erleiden, und sie – sie würden auf einen Schlag unsagbar reich werden.

Es war nicht so, dass Max und Kyra ihr Leben lang

nicht mehr arbeiten wollten. Im Gegenteil – das Geld, das sie durch ihren genialen Coup zur Verfügung haben würden, sollte das Startkapital für ein großes, modernes Unternehmen werden. Sie hatten ein paar richtig gute Ideen im IT-Bereich. Der Name stand schon fest: Brainwin GbR. Wen würde es später einmal interessieren, wie die Anfänge der Firma ausgesehen hatten?

Valeria hatte sich in ihrem Schreibtischstuhl zurückgelehnt, sodass die Kamera sie nur noch unscharf erfasste. Sie strich sich durch die langen schwarzen Haare und hob den Daumen. »Übrigens, die Sprachaufnahmen sind fantastisch geworden«, sagte sie. »Das müsst ihr euch anhören. Wann kommt ihr denn nun genau, Max?«

»Pierre und ich fahren ganz früh am Donnerstagmorgen los. Wir wollen, noch bevor es hell wird, die Gebläse installieren. Danach kommen wir gleich zu dir. Kyra wird erst am Nachmittag da sein.«

»Seid in der Nähe vom See vorsichtig. Es ist nicht auszuschließen, dass euch jemand wiedererkennt.«

»Wer denn? Die Hasen, die da rumhoppeln?« Max lachte. »Also dann, bis übermorgen in der Einöde, Valli.« Er warf Valeria eine Kusshand zu und beendete das Gespräch.

»Ich kann kaum glauben, dass es jetzt endlich losgeht«, sagte er und drehte sich auf seinem Stuhl zu

Kyra, die voller Konzentration an dem Tisch in der Mitte des Raums saß. Sie studierte zum hundertsten Mal die Pläne, die dort ausgebreitet lagen. »Hey, du kennst doch sicher inzwischen jede Sekunde unseres Zeitplans auswendig, oder?«, neckte er sie

Kyra schaute von ihren Unterlagen auf. »Na klar«, antwortete sie. »Wir dürfen so wenig wie möglich dem Zufall überlassen. Gerade am Anfang ist alles auf die Minute geplant.« Sie warf einen Blick auf die Uhr ihres Handys. »In drei Tagen und ziemlich genau fünf Stunden wird die Bombe platzen!«

Es war der vorletzte Freitag vor dem großen Wettkampf, ein wunderschöner Sommertag, an dem der Speisesaal am Mittag lichtdurchflutet war. Alle Lehrerinnen und Lehrer hatten sich schon ins Wochenende verabschiedet. Nur die, die im Internat wohnten – Frau Doktor Gnädig, Herr Lachnitz und der klapperdünne Englischlehrer Mister O'Neill – waren in der Villa geblieben. Und Grundeis natürlich. Sogar das Küchenpersonal war bereits abgereist, denn die Schüler sollten sich zwei Tage lang selbst versorgen. Die Aktion gehörte zum Kurs *»Fit fürs Leben: Selbstbestimmte Alltagsbewältigung«*, an dem alle in der Villa da Vinci teilnehmen mussten. Carlo fand die Idee klasse.

Konstantin, ein etwas übergewichtiger Junge, der zusammen mit Marie zu den Ältesten auf dem Internat gehörte, schlug vor, dass sie vielleicht nur vegetarisch kochen könnten. Marie, Agneta und Hamid gefiel die Idee, aber einige murrten, weil sie lieber Hamburger oder Steak essen wollten.

Carlo, der neben Konstantin am Esstisch saß, stupste ihn an. »So groß zu werden, wie hast du das geschafft bei solcher Nahrung?« Er grinste in die Runde. »Yoda zu Luke Skywalker, Das Imperium schlägt zurück – falls ihr das wissen wollt.«

Konstantin lachte.

»Nee«, stöhnte Tom. »Das wollen wir ganz und gar nicht wissen, du Schlaumeier. Du nervst mit deinem *Star Wars*-Gelaber, merkst du das gar nicht?«

»'tschuldigung …« Carlo fuhr sich mit den Fingern durch die kurzen Haare – Hamid hatte seinen alten Topfschnitt mit Schere und Haarwachs aufgepeppt und er sah endlich nicht mehr wie ein braver Bubi aus. Er lächelte Tom freundlich zu, aber der schaute ihn mit ausdrucksloser Miene an und knackte mit den Fingergelenken, was Carlo nicht ausstehen konnte. Irgendwie war Tom seit ein paar Tagen nicht mehr so freundlich zu ihm. Lag das daran, dass es mit dem Besuch bei ihm zu Hause nicht klappte? Oder war er vielleicht doch noch sauer wegen der Unterschriftenaktion?

»Ihr solltet Carlo mal bei den Ritterspiel-Proben hören«, mischte sich Irina ein. Ihr Deutsch hatte einen russischen Akzent, weil ihre Eltern aus Moskau stammten. »Das ist richtig gut, wie er die Sprache von Yoda in seine Ritterrede einbaut.«

»Rrrrichtig gut«, äffte Tom ihr rollendes R nach. »Das einzig rrrrichtig Gute wird das Paintball-Turnier werden. Alles andere ist doch Hirnwichserei.« Er streifte Carlo mit einem flüchtigen Blick.

War das der Grund? Nahm Tom es ihm etwa übel, dass er bei den Ritterspielen mitmachte und nicht beim Paintball?

»Hirnwichserei?! Du hast doch keine Ahnung.« Empört schimpfte Hamid los.

Tom bewarf ihn mit einer Cocktailtomate, Hamid warf zurück, und das Ganze schien in einen dicken Streit auszuarten. Doch mitten in das allgemeine Geschrei hinein knackte die Lautsprecheranlage und Grundeis' Stimme dröhnte durch den Speisesaal. »Frau Doktor Gnädig, Herr Lachnitz und Mister O'Neill bitte in den Keller kommen, genauer gesagt in die Vorratskammer!« Es klang ziemlich dringend. Irgendetwas schien passiert zu sein.

»Da hat wohl einer die Nutellagläser geklaut«, sagte Hamid grinsend, als die Direktorin und die beiden Lehrer durch den Speisesaal zur Tür eilten, der hagere Mister O'Neill mit einem Stück Butterkuchen in der Hand.

Kaum waren sie allein, ging das Hickhack am Tisch weiter. Doch jetzt schaltete sich Marie ein. »Hört auf. Wir müssen unsere Kräfte sammeln. Anstatt hier Blödsinn zu reden, solltet ihr eure Unterlagen und eure Laptops holen. In zehn Minuten beginnen die Gruppentreffen.«

Hamid sprang auf und knallte die Hacken zusammen. »Jawohl, Frau Major«, schrie er. Und schon rannte er aus dem Speisesaal.

»Unterweisen kann ich ihn nicht. Keine Geduld hat der junge Mensch«, sagte Carlo und warf Tom einen Blick zu. Ob der sich wirklich über die Meister-Yoda-Sprüche ärgerte? Dann räumte er scheppernd die schmutzigen Teller zusammen und trug sie zum Geschirrwagen.

»Streber«, hörte er Tom murmeln, der am Tisch sitzen geblieben war und ihm hinterhersah. Sein Blick fühlte sich an wie ein feiner Nadelstich im Nacken.

Als Carlo ins Zimmer kam, kramte Hamid gerade auf seinem Schreibtisch herum, der ziemlich genau wie sein eigener aussah: als wäre ein Tornado darüber hinweggekreiselt.

»Eigentlich ist viel zu schönes Wetter, um den ganzen Nachmittag zu lernen«, meinte Hamid. »Aber dafür machen wir heute Abend alle zusammen ein Lagerfeuer auf der Pfaueninsel. Wir haben schon reichlich Holz rübergebracht und jede Menge Grillwürstchen, Folienkartoffeln und Cola.«

»Ist das auch eine von euren Traditionen?«, fragte Carlo.

»Von *unseren.* Du gehörst jetzt dazu.« Hamid warf ihm das feuchte Handtuch an den Kopf, das auf seinem Mathebuch gelegen hatte. Dann erklärte er ihm, dass das Freitagabendlagerfeuer so etwas wie die offizielle Eröffnung der Vorbereitungsphase auf das Schulturnier war. Jedes Jahr übernahm es Frau Doktor Gnädig höchstpersönlich, das Feuer anzuzünden, begleitet von salbungsvollen Worten über die Flammen der Wissbegierde, die in ihnen allen lodern mochten.

Wie aufs Stichwort meldete sich jetzt die Hausanlage mit der Stimme der Direktorin. Sie kündigte eine kleine Änderung im Tagesablauf an und bat alle, schon jetzt auf die Insel zu kommen. »Und nehmt eure Jacken mit, falls es kühl wird«, riet sie fürsorglich. »Beeilt euch bitte, es gibt eine Überraschung.«

Carlo sah Hamid fragend an. »Was denn für eine Überraschung?«

»Keine Ahnung.« Hamid zuckte mit den Schultern. »Vielleicht gibt es irgendwas Besonderes zu essen. Weil sie doch unbedingt in die Vorratskammer mussten …«

Sie zogen die Anzüge aus, schlüpften in Baggypants,

T-Shirts und Turnschuhe, schnappten sich ihre Jacken und rannten die Treppen hinunter. Aus allen Zimmern strömten die Leute in die Eingangshalle. Carlo schaute sich um, während er mit den anderen zusammen über das polierte Parkett trampelte. Wo war denn Grundeis? Normalerweise lauerte er an der Treppe und herrschte alle an, gefälligst nicht so zu rennen.

Die Firma 4

Eine Stunde zuvor war Pierre mit schnellen Schritten auf dem Weg zur Villa X gewesen. Dies war sein großer Moment. Genau wegen dieser Aktion hatte Kyra ihn gefragt, ob er in die Firma einsteigen wolle. Er würde sie nicht enttäuschen!

Er hatte die Baseballkappe tief in die Stirn gezogen und hielt den Kopf gesenkt. Der Bart und die falschen Augenbrauen, die Valeria ihm angeklebt hatte, juckten ihm auf der Haut. Er fühlte sich unwohl, aber egal … Die Tarnung war perfekt. Im Spiegel hatte er sich selbst kaum erkannt.

Während er die Stufen zur Eingangstür hochging, brach ihm der Schweiß aus. Jetzt gab es kein Zurück mehr. Er drückte auf die Klingel.

Es dauerte nur wenige Sekunden, dann schwang die Tür auf. Grundeis stand vor ihm.

»Ja, bitte? Was gibt's? Was wollen Sie?«, raunzte der Hausvater ihn an.

»Haben Sie die Benachrichtigung nicht bekommen? Ich bin hier, um den Stromzähler abzulesen. So wie jedes Jahr vor den Sommerferien.«

Pierre registrierte, dass Grundeis unsicher wurde. »Aber das war doch erst für übernächste Woche angekündigt.«

»Davon weiß ich nichts. Ich habe den Termin heute auf dem Zettel.«

Brummelnd öffnete der Hausvater die Tür ein wenig mehr. »Na gut, dann kommen Sie rein. Sie kennen sich hier nicht aus, oder? Der Zähler ist im Vorratskeller. Ich zeige es Ihnen.«

Pierre schulterte seine Tasche und ging hinter Grundeis her durch die Halle zur Kellertreppe. Er zwang sich, nicht nach links und rechts zu schauen. Seine ganze Konzentration galt den nächsten sechzig Sekunden.

Die schwere Kellertür fiel hinter ihm und Grundeis ins Schloss. Während der Hausvater sein Schlüsselbund aus der Jackentasche zog und die Tür des Vorratsraums aufsperrte, stellte Pierre die Tasche auf den Boden. Er spannte sämtliche Muskeln an. Und noch bevor Grundeis den Lichtschalter in dem dunklen, nach Kartoffeln und Äpfeln riechenden Raum bedienen konnte, schlug Pierre zu. Blitzschnell packte er den schwergewichtigen Mann mit einem hundertmal geübten Griff. Eine Minute später saß der Hausvater geknebelt und gefesselt an die Rückwand des Raumes gelehnt.

Ohne die Tür zu schließen, verließ Pierre den Keller und sprintete in die Wohnung des Hausvaters hinauf. Niemand begegnete ihm, niemand sah ihn. Es war die

Zeit des Mittagessens – Kyras exakter Zeitplan hatte funktioniert.

Es dauerte nicht lange, dann hatte er sich orientiert. Da war Grundeis' kleines Büro mit dem Computer, über den die hausinterne Lautsprecheranlage bedient wurde. Valeria war sich sicher gewesen, dass der Computer tagsüber stets angeschaltet war, und sie hatte recht gehabt. Er öffnete das Programm für die Durchsagen, lud die erste der Sprachaufnahmen von dem Stick herunter, den er mitgebracht hatte, und spielte Grundeis' Ansage ab: »Frau Doktor Gnädig, Herr Lachnitz und Mister O'Neill bitte in den Keller kommen, genauer gesagt in die Vorratskammer!«

Noch während die letzten Worte im Speisesaal verhallten, riss er mit einem Ruck die Kabel der Telefonanlage aus der Buchse. Dann eilte er zum Vorratskeller zurück und stellte sich hinter die geöffnete Tür an die Wand. »Drei Minuten«, hatte Kyra gesagt, »drei Minuten maximal. Dann werden die Gnädig und die Lehrer im Keller auftauchen.«

Kyra hatte das Tempo sogar unterschätzt, in dem Frau Doktor Gnädig, Lachnitz und O'Neill die Treppe herunterkamen. Pierre hörte die leicht nervös klingende Stimme der Direktorin. »Herr Grundeis? Was gibt es denn?«

Der Lichtschalter, der sich innen neben der Tür befand, wurde bedient. Das Kellerlicht flackerte auf.

»Herr Grundeis!«

»Oh, mein Gott!«

»Holy shit!«

Pierre zählte bis drei. Jetzt waren alle im Vorratsraum. Mit Schwung drückte er die Tür zu und schloss ab. Er nahm sein Handy und suchte das WLAN-Netz der Schule, aber er bekam keine Verbindung. Die dicken Kellermauern schirmten gegen das drahtlose Netz ab, so wie sie es erwartet hatten. Die Lehrer konnten also hier unten weder telefonieren, noch kamen sie mit ihren Handys ins Internet, um Hilferufe loszuschicken. Sie saßen fest, ohne jede Möglichkeit der Kommunikation nach außen.

Er ging die Treppe hoch und schloss auch noch die Tür zum Keller hinter sich ab. Das empörte Geschrei und das Gerüttel an der Türklinke, das im Vorkeller noch zu hören gewesen war, verstummte. Kein Geräusch drang nach oben, dafür waren die Wände und Türen zu dick. Auch in diesem Punkt war alles perfekt berechnet.

Während er wieder in die Wohnung des Hausvaters eilte, hörte er das Getrappel der Schritte aus dem Speisesaal. Wow! Eine halbe Minute später und die Kinder wären ihm auf der Treppe entgegengekommen. Vielleicht hätte niemand den Mann vom Elektrizitätswerk beachtet, aber so war es natürlich besser. Ungestört konnte er die zweite Sprachaufnahme starten. Die Stimme der Gnädig hatte Valeria noch besser imitiert als den tiefen Bass des Hausvaters.

Lachen und Rufe schallten über den See, als die ganze Horde über die Brücke rannte, eine schöne alte Holzbrücke, die sich über mehrere Stützpfeiler spannte. Carlo war bisher nur einmal auf der Pfaueninsel gewesen: An seinem zweiten Abend im Internat hatte ihm Tom ein bisschen das Gelände um die Villa herum gezeigt. Die Insel war ganz hübsch mit ihrem Wäldchen und den Weidenzweigen, die über dem Strand ins Wasser hingen. Aber außer einer Hütte für Angelzeug gab es hier absolut nichts. Die Pfauen, die auf der Insel gehalten wurden, als die Villa noch keine Schule war, lebten schon lange nicht mehr. Carlo sah sich neugierig um. Es schien nichts Besonderes vorbereitet zu sein.

»Wir sollten schon mal das Holz aufschichten, bis die Gnädig kommt«, schlug Konstantin vor. »Vielleicht können ein paar Leute noch trockene Zweige sammeln.«

Einige verschwanden im Unterholz des winzigen Wäldchens, andere schleppten alte Bretter aus der Hütte zu dem Uferstreifen, wo das Feuer später entzündet werden sollte. Carlo brachte mit Hamid zusammen die beiden Kisten mit Cola und Saft zum See, um sie im flachen Wasser kalt zu stellen. Dann war nichts mehr zu tun. Alle saßen im Sand oder auf der Wiese und warteten auf die angekündigte Überraschung.

»Was sollen wir hier die ganze Zeit abhängen?«, maulte Tom. »Ich hol mal einen Fußball.« Er stand auf und ging zur Brücke. Er hatte sie noch nicht zur Hälfte überquert, als etwas direkt auf ihn zuflog, sodass er sich ducken musste.

»Ein Hubschrauber!« Hamid lachte. »Das hat sich bestimmt Mister O'Neill ausgedacht. Der hat Spaß an so was. Ich hab ihn mal mit einem Modellflugzeug spielen sehen.«

Der kleine, ziemlich stabil aussehende Helikopter kreiste in einem guten Meter Abstand um Toms Kopf herum. Tom streckte sich und versuchte etwas zu fassen zu kriegen, das an einem Band an den Kufen hing. Immer wieder grabschte er danach und alle johlten.

Dann endlich erwischte er das längliche Ding. »Ich

hab es!«, rief er und schwenkte eine Papprolle durch die Luft, während der Hubschrauber Richtung Ufer abdrehte. Auf dem Rückweg zur Insel zog er ein Blatt Papier aus der Rolle und fing im Gehen an zu lesen. Carlo lief ihm mit einigen anderen entgegen. Hey, das wurde ja richtig spannend …

»Was steht da drauf, Tom?« Agneta zupfte ihn am Ärmel seines Sweatshirts. »Nun lies schon vor.«

»Das Turnier beginnt dieses Mal etwas früher«, las Tom mit lauter Stimme. »Begebt euch in die Mitte der Insel und setzt euch auf den Boden. Niemand darf sich in der Nähe der Brücke aufhalten. Genießt das Schauspiel.« Er stöhnte. »Unterschrieben ist es mit *Die dunkle Seite der Macht.* Schon wieder so ein *Star Wars*-Quark. Was soll denn das?«

Carlo strahlte. »Das ist wie ein Computerspiel, nur in echt.«

»Total albern«, sagte Tom, aber er drehte sich trotzdem um und stapfte los. Die anderen folgten ihm und schließlich hockten sie im Wäldchen unter einer Erle auf dem Boden.

Carlo setzte sich neben Tom. »Sag mal, bist du eigentlich wegen irgendwas sauer?«, fragte er.

»Quatsch. Ich hab nur keine Lust auf so einen Kinderkram. Ich finde …«

In diesem Moment gab es einen ohrenbetäubenden

Knall. Die Luft erzitterte und Carlo riss den Kopf herum. Wo kam das her?! Von der Villa? Das Haus war nicht mehr zu sehen … Eine gewaltige Rauchwolke verhüllte das Ufer. Brennende Holzbalken schwammen auf dem See, glühende Teilchen fielen vom Himmel und landeten zischend im Wasser. Die Brücke! Die Brücke war nicht mehr da.

Alle waren aufgesprungen und betrachteten fassungslos das Schauspiel. Erschrockene Rufe gellten über den See.

»Hammer.« Carlo fiel nur ein einziges Wort ein. »Hammer.«

Marie war die Erste, die ihren Schock überwunden hatte. »Alle Achtung, das ist ja mal eine Eröffnungsfeier«, sagte sie.

»Ob das auch Mister O'Neill war?«, fragte Agneta erstaunlich ruhig.

»Mit Sicherheit nicht. Neulich hat er gesagt, die Brücke müsste man unter Denkmalschutz stellen«, erwiderte Konstantin. »Da wird er sie wohl nicht in die Luft fliegen lassen.«

Hin und her gingen die Vermutungen und Fragen. Ein paar der Leute waren immer noch stumm vor Schreck. Aber andere wie Frederike und Xynthia taten, als wäre das Ganze ein übler Gag.

»Ist das etwa die Überraschung, die die Gnädig uns

versprochen hat?«, kicherte Xynthia und warf ihre endlos langen Locken nach hinten. »Hätte ich ihr gar nicht zugetraut. Ich hab gedacht, sie will uns ihren neuen Bikini vorführen.«

Einige lachten und auch Carlo musste grinsen. Xynthia sah einfach super aus, und sie hatte etwas Mitreißendes an sich, die Hälfte der Jungs war in sie verknallt.

Hamid zappelte vor Aufregung. »Hey, ich weiß es! Das war jemand von den anderen Internaten. Jemand, der nicht will, dass wir das Turnier gewinnen.«

Seine Erklärung überzeugte die meisten. Klar, wenn sie hier festsaßen, ohne Unterlagen, Bücher und Laptops, konnten sie nicht mehr lernen. Was für eine Sauerei! Alle redeten durcheinander, bis sich Marie Gehör verschaffte.

»Jetzt regt euch nicht auf«, sagte sie. »Die Gnädig und die anderen haben die Explosion ja wohl auch mitgekriegt.« Sie schaute durch das lichte Wäldchen zur Villa hinüber, die jetzt, da sich der Rauch verzogen hatte, wieder gut zu erkennen war. Nur von den Erwachsenen war nichts zu sehen. Das Internat wirkte wie ausgestorben. »Wo sind die denn alle? Sind die taub?«, schimpfte sie.

Konstantin legte die Hände zu einem Trichter um den Mund und begann zu rufen. »Halloooo! Herr

Grundeis!« Auch die anderen brüllten los. Aber es kam keine Antwort.

»Irgendetwas stimmt hier nicht«, murmelte Marie. »Ich hab ein ganz mieses Gefühl.« Doch als sie die besorgten Gesichter der Jüngeren sah, riss sie sich zusammen. »Ach was, es wird schon eine Erklärung geben. Es gibt *immer* eine Erklärung.«

Eine Weile saßen alle im Gras und schauten zu, wie die Reste der Brücke langsam an den Strand trieben. Für einen Moment hatte Carlo das Gefühl, in einem Film mitzuspielen. Einem Abenteuerfilm, in dem die Leute in der Wildnis überleben mussten. Aber das war natürlich Quatsch. Das Ufer mit der Villa war ja höchstens hundert Meter von ihnen entfernt.

Irina und Tom hatten wohl ähnliche Gedanken. »Da kann man doch rüberschwimmen«, riefen sie wie aus einem Mund.

Aber Marie war dagegen. »Dann müsstet ihr durch all das glühende Zeug hindurch. Das ist zu gefährlich«, sagte sie mit Bestimmtheit.

Carlo sah zu Tom hinüber. Na, der würde sich bestimmt nichts von Marie sagen lassen. Doch Tom starrte nur mit düsterer Miene auf die im Wasser treibenden Balken und widersprach nicht.

Jetzt schlug Konstantin vor, dass sie trotz allem das Lagerfeuer entfachen sollten. »Es nützt ja nichts«, stellte er fest, »essen müssen wir trotzdem. Und es dauert eine Weile, bis das Holz so verbrannt ist, dass man die Kartoffeln in die Glut legen und Würstchen grillen kann.«

Jemand kicherte. »Verbranntes Holz haben wir doch schon genug.«

»Ich finde das überhaupt nicht witzig«, murmelte Xynthia und zwirbelte eine ihrer langen Haarsträhnen zwischen den Fingern. »Ich weiß überhaupt nicht, wie man jetzt ans Essen denken kann.«

Als eine gute Stunde später schließlich alle am Strand in einem großen Kreis um das Feuer herumsaßen, nahm sich Xynthia natürlich doch von den Würstchen, die auf dem Gitter über der Glut lagen.

Richtig romantisch sah es aus, wie das Feuer vor dem rötlichen Himmel verglomm. Aber in der Luft lag eine kribbelige Spannung. Carlo war nicht der Einzige, der vor Nervosität an den Fingernägeln knabberte.

Als das Holz im See nicht mehr glühte und sich so weit verteilt hatte, dass man ohne Gefahr hindurchschwimmen konnte, war Tom nicht mehr zu halten. »Ich schwimm da jetzt rüber«, sagte er. Auch Irina stand auf und zog sich ihr Sweatshirt über den Kopf.

Der See lag friedlich in der Abendsonne und das

Wasser schlug nur sanfte Wellen. Erwartungsvoll sahen alle zu, wie Irina und Tom hineinwateten und Richtung Villa schwammen. Da das Holz zur Insel hintrieb, hatten sie freie Bahn, als sie näher ans andere Ufer kamen. In ein paar Minuten würden sie da sein.

Doch plötzlich schien es Probleme zu geben. Ihre gleichmäßigen, langsamen Schwimmzüge wurden unruhiger. Sie mussten kräftiger ausholen, stärker Arme und Beine einsetzen. Irina begann zu kraulen, Tom versuchte es mit Tauchen.

»Sie kommen nicht mehr voran«, sagte Marie. Sie schirmte die Augen mit der Hand ab, um gegen die niedrig stehende Sonne besser sehen zu können.

»Die haben die Strecke unterschätzt und können nicht mehr«, vermutete Carlo, der schon die zweimal fünfundzwanzig Meter im Hallenbad anstrengend fand.

Konstantin schüttelte den Kopf. »Das ist doch ein Klacks. Irgendwas hindert sie daran, vorwärtszukommen. Das Wasser ist da drüben ja auch ganz aufgewühlt. Richtige Wellen sind das, obwohl es hier keine Strömung gibt. So hab ich den See noch nie erlebt.«

Irina und Tom unternahmen noch eine letzte vergebliche Anstrengung, doch wieder wurden sie abgetrieben. Schließlich kehrten sie um und schwammen zur Insel zurück. Die Enttäuschung war ihren Gesichtern anzusehen.

»Es ging nicht! Da war eine unglaubliche Strömung«, schnaufte Irina und ließ sich erschöpft in den Sand fallen. Sie zitterte am ganzen Körper.

»Das Wasser kam uns richtig mit Druck entgegen!« Auch Tom rang immer noch nach Luft.

Marie zog ihr Sweatshirt aus und legte es Irina um die Schultern. »Ich verstehe das nicht«, sagte sie. »Das kann doch alles gar nicht angehen. Aber es *muss* einen Grund geben.«

Agneta war auf einmal so aufgeregt, dass sich ihre Stimme fast überschlug. »Vielleicht ist das die Natur, die sich rächt!«, rief sie. »Weil die Menschen sie ausbeuten. Schon Nostradamus hat doch prophezeit, dass es Feuer und Überschwemmungen geben wird.«

Carlo fand, dass sie selbst fast wie ein Racheengel aussah mit ihren wirren weißblonden Haaren und ihren blitzenden Augen.

Jemand lachte. »Und ausgerechnet die Villa da Vinci wird als Erstes vom Erdboden verschwinden? So ein Blödsinn, Agneta.«

»Wieso denn als Erstes?« Agneta stemmte die Arme in die Seiten. »Überall auf der Welt spielt die Natur doch verrückt. Denkt mal an all die Katastrophen in den letzten Jahren, die Tsunamis und Überschwemmungen. Und woher wissen wir denn, ob nicht genau in diesem Moment in ganz Deutschland so was Ähnliches passiert?«

»Dass wir hier keinen Internetzugang haben, ist wirklich vorsintflutlich«, schimpfte Fabian.

»Hör bloß auf, von Sintflut zu reden.« Xynthia warf ihm einen genervten Blick zu.

Jenny, eines der jüngeren Kinder aus der Delta-Gruppe, fing an zu weinen. »Ich will jetzt runter von dieser bescheuerten Insel. Ich will nach Hause.«

Die Firma 5

Das Quartier, in dem Valeria seit einiger Zeit die Stellung hielt, lag am Ende eines abgelegenen Waldwegs auf einem Hügel in der weitläufigen Parklandschaft der Villa. Es war ein altes, fast schon baufälliges Häuschen, in dem früher der Gärtner mit seiner Familie gelebt hatte. Für die Zwecke der Firma war es perfekt. Vom ersten Stock aus konnte man sowohl die Insel im See als auch die Zufahrtsstraße zum Internat überblicken. Valeria hatte es für wenig Geld über einen Makler gemietet, unter falschem Namen natürlich. Sie hatten lange überlegt, ob es nicht sinnvoller wäre, ausschließlich die Räume des Internats zu nutzen, sich dann aber doch für ein externes Quartier entschieden. Hier waren sie sicherer, falls irgendetwas schieflaufen sollte.

Kyra stand mit einem Fernglas am Fenster im ersten Stock. »Es hat geklappt!« Ihre Stimme war heiser vor Aufregung. »Sie haben aufgegeben. Du bist ein Genie, Max!« Sie drehte sich zu Maximilian um, der an einem anderen Fenster stand, in den Händen die Fernbedienung, mit der er das Gebläse ein- und ausschalten konnte.

Maximilians dunkle Augen glänzten vor Freude. Wenn er ehrlich war, hatte er bis zuletzt geheime Zweifel gehabt, ob die Druckluftgebläse stark genug waren, die er und Pierre an verschiedenen Stellen rund um den See angebracht hatten. Und ob die Luft, die dadurch aus dem System der Unterwasserrohre gedrückt wurde, wirklich gleichmäßig und stark genug verteilt werden würde.

Auf die Idee war er im Schwimmbad gekommen. Wenn dort die Gegenstromanlage eingeschaltet war, kam man nicht gegen die Strömung an. Seinen Hochrechnungen zufolge musste die Anzahl der Gebläse und der Rohre ausreichen, um die wichtigsten Abschnitte des Ufers – vor allem den Teil gegenüber der Villa – unter Kontrolle zu bekommen. Und zumindest an der Stelle, wo die beiden Jugendlichen es versucht hatten, hatte es funktioniert!

Neben Max lehnte Valeria am Fenster. Sie war es, die den ferngesteuerten Hubschrauber gelenkt hatte. Sie und Pierre hatten sich beim Üben mit der Fernsteuerung abgewechselt, und mittlerweile konnten beide den Helikopter absolut zielgenau steuern. Der Junge auf der Brücke hatte keine Chance gehabt, ihn zu erwischen.

»Da ist Pierre«, sagte Valeria.

Pierre kam von der Villa zurück. Er hatte die letzten Stunden dort verbracht, um sicherzugehen, dass die Direktorin, der Hausvater und die beiden Lehrer tatsächlich in der Vorratskammer festsaßen. Und er hatte im Sekretariat die Daten sämtlicher Schüler und Schülerinnen auf seinen Stick geladen.

Der zweite Teil der Aktion konnte beginnen.

Wir sollten es noch mal an einer anderen Stelle versuchen«, sagte Tom, der dicht am Lagerfeuer saß, um das sich wieder alle versammelt hatten. »Aufgeben ist nur was für Schwächlinge.« Er schlug sich mit der Faust in die flache Hand.

»Ja, aber erst morgen. Jetzt ist es schon zu dunkel«, antwortete Irina müde.

»Willst du hier etwa übernachten?« Jenny sah sie ungläubig an.

»Von wollen kann keine Rede sein«, mischte sich Marie ein. »Aber es scheint, als ob uns gar nichts anderes übrig bleibt.«

»Es ist doch eigentlich ganz gemütlich hier am Feuer«, versuchte Agneta Jenny zu trösten.

»Ja, und immerhin haben wir was zu essen und jede Menge Cola«, pflichtete Carlo ihr bei.

Tom zog die Augenbrauen zusammen. »Gemütlich? Ihr spinnt wohl!«

Carlo presste die Lippen zusammen. Dieser aggressive Tonfall von Tom ging ihm richtig an die Nieren.

»Ich frage mich die ganze Zeit, was für eine Überraschung uns die Gnädig präsentieren wollte«, sagte Marie nachdenklich. Der Schein des Feuers spiegelte sich in den silbernen Steckern, die sich an den Rändern ihrer Ohren aufreihten. »Damit kann sie doch wohl kaum die Explosion der Brücke gemeint haben, wenn sie nicht völlig verrückt geworden ist.«

»Vielleicht ist das Ganze so eine Art Survival-Training«, überlegte Irina. »Als Teil unserer Ausbildung hier.«

Marie schüttelte den Kopf. »Deswegen würde sie nie und nimmer die Brücke in die Luft jagen.«

Hamid kam noch mal mit der Vermutung, die er schon am Nachmittag ausgesprochen hatte. Er war davon überzeugt, dass nur eine der anderen Schulen hinter dem Anschlag stecken konnte. Schließlich waren das die Einzigen, die etwas davon hatten, wenn sie hier festsaßen.

»Haben sie früher schon mal etwas Ähnliches gemacht?«, fragte Carlo.

»Bestimmt nicht. Erst seit du hier aufgetaucht bist, passiert so was.« Das war Toms Stimme und sie klang reichlich gehässig.

»Woher willst du das denn wissen? Du hast doch selbst noch kein Schulturnier mitgemacht, oder? Du bist ja auch bei den Omegas. Und was willst du eigentlich damit andeuten?« Carlo schaute ihn finster an.

»Nichts.«

Hamid schnappte sich einen Zweig vom Boden, sprang auf die Füße und zeigte auf Carlo. »Seht alle her! Das ist Carlo Karfreitag, der Magier – der Mann, der Brücken in die Luft jagt und Wellen in den See zaubern kann!«

Doch Carlo zog ihn am Arm. »Lass mal, Hamid. Mir ist überhaupt nicht nach solchen Witzen zumute.« Richtig mies fühlte er sich plötzlich. In seiner alten Klasse war er auch immer der gewesen, der eins auf die Mütze bekam, wenn irgendwo was passiert war. Die ganze Zeit schon musste er daran denken, wie auf dem Fahrradplatz mal der Papierkorb gebrannt hatte. Alle waren sich damals einig, dass er das gewesen sein musste. Sie hatten zwar recht gehabt, weil er heimlich ein bisschen mit dem Brennglas experimentiert hatte. Aber trotzdem hätten sie ihn nicht gleich als Erstes verdächtigen müssen.

Marie stand auf. »Also, Leute, ich schlage vor, dass wir uns schlafen legen und morgen früh einen neuen Versuch machen, von hier wegzukommen. Und vielleicht sind ja Gnädig und Grundeis gerade dabei, das

Ruderboot startklar zu machen. Deshalb sollten immer zwei von uns wach sein, um das Ufer zu beobachten. Ich übernehme die erste Schicht. Wer macht mit?«

Fabian meldete sich. Während sich er und Marie daranmachten, aufmerksam die Insel zu umrunden, suchten sich die anderen einen Platz zum Schlafen.

Carlo schob sich den körnigen Sand des Uferstreifens als Kopfkissen zurecht und deckte sich mit seiner Sweatshirtjacke zu. »Hör mal«, flüsterte er Hamid zu, der neben ihm lag. »Es ist doch überflüssig, dass Marie und Fabian die ganze Nacht Wache schieben, wenn sie nur auf Gnädig und Grundeis warten, findest du nicht?«

»Klar«, antwortete Hamid leise. »Aber Marie fand das Ganze von Anfang an unheimlich. Ich wette, sie macht sich große Sorgen. Hoffentlich kriegen wir morgen raus, was dahintersteckt!«

Fröstelnd wachte Carlo davon auf, dass ihm etwas um die Nase schwirrte. Er öffnete die Augen und blinzelte in einen rosafarbenen Himmel. Wo war er? Was war los? Eine Libelle umkreiste ihn sirrend, wie ein kleiner Hubschrauber …

Auf einmal war er hellwach. All das, was am Tag zuvor geschehen war, stand ihm wieder deutlich vor

Augen. Er setzte sich auf und sah sich um. Hamid lag zusammengerollt neben ihm, die schwarzen Locken voller Sand. Er schlief noch, genau wie alle anderen. Von einer Patrouille, die Wache hielt, war nichts zu sehen. Wahrscheinlich hatte niemand Lust gehabt, mitten in der Nacht auf einer langweiligen kleinen Insel herumzuspazieren.

Wie friedlich und ruhig der See aussah. Kaum vorstellbar, dass am anderen Ufer eine starke Strömung herrschen sollte. Es konnte doch nicht so schwer sein, hinüberzuschwimmen, selbst wenn man kein toller Schwimmer war. Er würde es einfach versuchen. Wenn er Hilfe holen konnte, bevor die anderen wach wurden, hatte Tom keinen Grund mehr für seine dummen Andeutungen.

Mit zusammengekniffenen Augen musterte er den See und das Internat, das keine zweihundert Meter entfernt lag. Vielleicht sollte er es nicht an derselben Stelle versuchen wie Irina und Tom. Nein, wenn die Strömung aus Richtung der Villa kam, dann würde sie ihn genau ans gegenüberliegende Ufer treiben. Deshalb war es sinnvoller, es auf der anderen Seite zu probieren.

Entschlossen überquerte er die Insel, zog sich bis auf die Unterhose aus und watete ins Wasser. Das gegenüberliegende Ufer war hier ein ganzes Stück weiter entfernt und es war voller Seerosen. Wenn er sich nun in den langen, glitschigen Stielen der Pflanzen verhedderte …? Aber wahrscheinlich hatte man da bereits Grund unter den Füßen, oder?

Er schwamm los. Das kalte Wasser vertrieb den Rest seiner Schläfrigkeit und er fühlte sich gut. Wenn niemand zuschaute und ihn mit der Stoppuhr antrieb, konnte er eigentlich ganz gut schwimmen. Es würde sicher nicht lange dauern, bis er den Seerosenteppich erreichte.

Doch wenig später kam er immer langsamer voran, so als würden seine Kräfte allmählich nachlassen. Er spürte die Strömung, erst nur als leichten Druck, dann immer stärker. Je mehr er sich dem Ufer näherte, umso kräftiger wurde sie. Die Wellen platschten ihm ins Gesicht, sodass er die Augen zusammenkniff. Er drehte sich um und versuchte es mit Rückenkraulen. Ein paar Meter schaffte er noch, dann kam er kein Stück mehr voran. Im Gegenteil: Die Strömung trieb ihn zur Insel zurück. Das konnte doch nicht angehen! Noch einmal versuchte er es mit Brustschwimmen, dann mit Kraulen. Verbissen kämpfte er sich vorwärts. Einen Meter, dann noch einen … Nur nicht aufgeben, Carlo! Nach Luft schnappend bekam er Wasser in Mund und Nase, verschluckte sich und musste husten. Verdammt noch mal, es hatte keinen Sinn! Mit schmerzenden Lungen gab er auf und schwamm erschöpft zurück. Seine Arme und Beine fühlten sich an, als wären sie aus Blei. Mann, er hatte sich gnadenlos überschätzt. Die Insel schien kaum näher zu kommen.

Als er schließlich Grund unter den Füßen hatte und schwer atmend und mit weichen Knien an Land ging, warteten die anderen schon auf ihn.

Tom hatte die Arme vor der Brust verschränkt. »Du wolltest wohl abhauen?«, fragte er. »Oder was hattest du vor?«

Carlo sah ihn irritiert an. »Abhauen? Wieso das denn? Ich wollte Hilfe holen, genauso wie ihr beiden gestern.«

»Und warum bist du dann nicht in Richtung Villa geschwommen?« Auch in Xynthias Stimme schwang Misstrauen mit. Sie strich sich durch die zerzausten Locken.

»Weil ich dachte, dass die Strömung von dort kommt und dass es auf der anderen Seite leichter ist. War es aber nicht.«

Marie schüttelte den Kopf. »Das macht doch keinen Sinn. In keinem normalen Gewässer kommt die Strömung aus zwei entgegengesetzten Richtungen.«

»Vielleicht ist das ja kein normaler See«, sagte Carlo.

»Doch«, antwortete Konstantin. »Ich bin schon seit sechs Jahren im Internat. Das hier ist ein ganz normaler See. Bisher war hier immer alles normal.«

»Ja. Bisher«, murmelte Tom und schaute dabei Carlo mit seinen hellen blauen Augen so an, als ob diese zwei Worte eine ganze Menge mehr bedeuteten.

Carlo wollte etwas Bissiges antworten, doch er fühlte sich auf einmal müde und hilflos. Er zupfte an seinem Ohrläppchen, bis es wehtat. Gar nichts mehr fiel ihm ein, nicht mal ein Spruch von Meister Yoda. Warum hatten ihn seine Eltern nur in dieses verfluchte Internat gesteckt? Ein paar Wochen lang hatte er sich hier wohlgefühlt. Er hatte sich gefreut, so schnell Anschluss gefunden zu haben, vielleicht sogar Freunde. Und jetzt ging schon wieder alles den Bach runter. Das spürte er genauso deutlich wie die Kälte, die in ihm hochkroch.

Marie berührte ihn an der Schulter. »Komm, Carlo«, sagte sie, »du zitterst ja richtig. Setz dich mal ans Feuer und wärm dich auf.«

Kurz darauf hockten alle um das Lagerfeuer herum, das jemand aufs Neue angefacht hatte. Carlo saß so nah an den Flammen, dass seine Vorderseite glühte, während sein Rücken immer noch ausgekühlt war. Ein paar Leute wärmten die Würstchen auf, die am Abend übrig geblieben waren, und reichten sie herum. Die Stimmung war gedämpft, kaum einer sprach. Konstantin hielt einen Stock, auf den er ein Würstchen gespießt hatte, in die Luft. »Das hier ist das letzte, Leute. Außer ein paar verkohlten Kartoffeln haben wir nichts mehr zu essen.« Ängstliche Gesichter sahen ihn an.

»Was sollen wir denn jetzt machen?«, hörte man Jennys leise Stimme.

»Auf jeden Fall nicht in Panik geraten«, sagte Agneta, die einen ganzen Kopf kleiner als Jenny war, aber dafür umso tougher. »Wir werden schon nicht verhungern.«

Hamid schlug vor, Fische zu angeln. Er war sich sicher, dass es Rotaugen im See gab.

»Angeln?« Tom stöhnte auf. »Ich hab mal zwei Stunden lang auf der Insel gesessen und keinen einzigen Fisch gefangen.«

»Weil du ein Blödmann bist«, murmelte Carlo so leise, dass es niemand hören konnte. Auch nicht Hamid, der ihm gegenübersaß und der ihn über die Flammen hinweg angrinste, so als hätte er ihn genau verstanden.

Die Firma 6

Während Kyra die ganze Nacht im Büro im Erdgeschoss des Gärtnerhauses gearbeitet hatte, war es Maximilians und Pierres Aufgabe gewesen, vom ersten Stock aus den See im Auge zu behalten. Und so hatten sie bei Tagesanbruch mit dem Fernglas beobachtet, wie einer der Jungen das östliche Ufer erreichen wollte.

Max pustete in seinen Becher mit heißem Kaffee und feixte. »Genau wie ich es vorhergesehen habe: Erst versuchen sie es auf der Seite der Villa. Und danach auf der gegenüber, weil dort die Strömung hinfließen müsste. Der Typ scheint einer von der schlaueren Sorte zu sein. Nützt ihm aber trotzdem nichts.«

»Es sind fünfzig Kinder, Max. Was machen wir, wenn sie es an fünfzig Stellen gleichzeitig versuchen?«, fragte Pierre unruhig.

»Werden sie schon nicht. Vielleicht kommen sie auf die Idee, in alle vier Himmelsrichtungen zu schwimmen. Aber da haben wir ja die Gebläse installiert.« Max machte eine zuversichtliche Miene. »Und wenn sie es woanders versuchen, sehen wir das rechtzeitig und bringen unser mobiles Gebläse dorthin. Die kommen nicht an Land, Pierre, hundertpro.«

»Das war wirklich eine super Idee, Max.« Pierre klopfte ihm auf die Schulter.

Kyra kam herein. Sie sah übernächtigt und blass aus, aber sie strahlte. »Ich habe die Daten von allen Kindern durchgesehen«, berichtete sie. »Sechsunddreißig Fälle werden wir in Angriff nehmen. Bei den anderen vierzehn ist nichts zu holen. Ihre Eltern sind arm wie Kirchenmäuse, und sie sind aufs Internat gekommen, weil sie tatsächlich was auf dem Kasten haben. Das hat Valeria ja schon alles abgecheckt, aber ich habe es noch mal mit den Unterlagen von der Gnädig abgeglichen. Diese vierzehn haben ein Stipendium.« Sie nahm sich einen Kaffeebecher und schenkte sich aus der Thermoskanne ein, die Pierre ihr zuschob.

»Das sind wahrscheinlich die Einzigen, die uns gefährlich werden können. Weil sie in der Lage sind zu denken«, meinte Max. »Vielleicht gehört ja auch die lahme Ente von heute Morgen dazu.« Er erzählte Kyra kurz, was sie durch das Fernglas beobachtet hatten.

»Wir werden nachher noch für ein bisschen Abwechslung sorgen, damit die Kids was zu tun haben und nicht so schnell auf dumme Gedanken kommen«, sagte Kyra. Dann setzte sie ihrerseits Max und Pierre über den Stand der Dinge in Kenntnis. Alles war wie geplant abgelaufen: Sie hatte das Satellitenhandy eingerichtet und dann bis in die Nacht hinein den Eltern der sechsunddreißig Kinder Nachrichten geschickt, um ihnen die Entführung ihres Kindes und die Höhe des Lösegelds mitzuteilen. Auch die Nummer des anonymen Kontos auf den Bahamas hatte sie ihnen genannt.

»Hast du vorher die Ortungsfunktion des Handys ausgeschaltet?«, fragte Pierre, während er ununterbrochen mit dem Fernglas zum Fenster hinausschaute.

Kyra blies sich eine Haarsträhne aus der Stirn. »Was denkst du denn, du Schlaumeier? Die Nachrichten kann niemand zurückverfolgen. Auch die Polizei nicht. Aber ich gehe sowieso nicht davon aus, dass jemand die Bullen informiert. Wer will schon das Leben seines Kindes aufs Spiel setzen? Unsere Drohung war ja eindeutig.«

»Was ist mit Valeria?«, fragte Max. »Hast du schon was von ihr gehört?«

Valeria war in die Villa übergesiedelt, wo sie über Funkgerät jederzeit zu erreichen war. Da sie diejenige war, die die Stimme der Direktorin perfekt imitieren konnte, hielt sie im Büro des Internats die Stellung, um die zu erwartenden Anrufe der Eltern entgegenzunehmen.

»Sie hat sich gerade gemeldet«, erklärte Kyra. »Das Telefon der Gnädig klingelt wohl pausenlos. Einer nach dem anderen ruft an, um sich zu vergewissern, ob sein Kindchen tatsächlich nicht mehr im Internat ist. Valeria meint, die Leute würden ihr ohne jeden Zweifel abnehmen, dass sie die Gnädig ist.«

»Und wie haben sie reagiert?«, fragte Max, der vor lauter Begeisterung über die reibungslos ablaufende Aktion seinen Kaffee kalt werden ließ.

Kyra lachte. »Wie erwartet. Als Frau Doktor ihnen erzählt hat, dass ihr Kind doch von einer Verwandten mit Vollmacht für das Wochenende abgeholt worden sei, waren die Leute am Boden zerstört. Spätestens da haben sie kapiert, dass die Entführung kein Scherz ist.«

Das Handy in Kyras Hand meldete sich, und alle drei hoben die Köpfe. Während Kyra die Nachricht öffnete, sahen ihr Max und Pierre gespannt zu.

Kyra las den kurzen Text und holte tief Luft. »Die Ersten haben sich entschieden. Sie werden zahlen! Aber es ist genau so, wie wir es vorhergesehen haben: Die Leute wollen ein Lebenszeichen ihres Kindes, bevor sie das Geld überweisen.«

»Werden sie kriegen«, antwortete Max. »Ich bereite das Aufnahmegerät vor, während du die entsprechende Nachricht an die Kids verfasst. Pierre kann den Hubschrauber gleich startklar machen.«

Kyra nahm einen Zettel aus der Hosentasche. »Ja, aber vorher sorgen wir noch für ein bisschen Verwirrung. Hier ist erst mal eine andere Botschaft für unsere lieben Kleinen …«

Hamids Vorschlag war bereitwillig aufgenommen worden. Es gab genug Leute, die geschickt mit den Angeln umgehen konnten, die in der Hütte gelagert wurden. Auf jeden Fall geschickter als Tom. Zwei Stunden später saß die ganze Gruppe um das Feuer herum im Sand und grillte die Rotaugen, die angebissen hatten – auch wenn nicht jeder unbedingt Appetit auf Fisch zum Frühstück hatte.

»Ohne Salz schmeckt das scheußlich«, jammerte Frederike.

»Sorry.« Hamid klopfte seine Hosentaschen ab. »Wo ist denn der Salzstreuer, den ich normalerweise dabeihabe?«

Frederike verzog das Gesicht. »Ich kapier nicht, wie ihr immer noch Witze machen könnt. Wenn hier nicht bald was passiert, drehe ich noch durch.«

Carlo hob den Kopf. Da war ein Sirren in der Luft, das langsam lauter wurde. In ihm regte sich ein beklemmendes Misstrauen, die Ahnung, dass irgendjemand ein richtig übles Spiel mit ihnen spielte.

»Der Hubschrauber!« Tom sprang als Erster auf. Er rannte dem kleinen Helikopter entgegen. Bevor die anderen bei ihm waren, hatte er schon die Papprolle in der Hand, die an den Kufen gebaumelt hatte. Es war absolut still, als er den Zettel vorlas. Nur das Geräusch des davonfliegenden Hubschraubers war noch zu hören.

»Bleibt ruhig und wartet ab. Eure Eltern sind bereit, Lösegeld für euch zu zahlen.«

Carlo schluckte. Lösegeld … Es ging um Erpressung? In seinem Kopf sausten die Gedanken hin und her. Das hier war eine richtige, echte Entführung! Mann, wie oft hatte er sich gewünscht, mal etwas ganz Besonderes zu erleben. Etwas, das weder Richard noch seine Eltern noch irgendjemand, den er kannte, je erlebt hatten. Etwas, bei dem es sich nicht darum drehte, in der Schule die Nase vorn zu haben. Aber Kidnapping? Er merkte, wie sich die Härchen auf seinen Armen aufstellten.

Die Stille war plötzlich kaum noch auszuhalten. Es war, als wagte niemand mehr zu atmen. Alle starrten Tom an, der jetzt die Hand mit dem Zettel sinken ließ. »Mehr steht da nicht«, sagte er.

Dann brach der Tumult los. Die Leute schrien durcheinander, einige weinten, manche waren immer noch stumm vor Schreck.

Bis Irina auf Tom zuging und gegen den Zettel tippte. »Tom«, sagte sie, »da steht noch mehr auf dem Papier. Du hast die Rückseite vergessen.«

Schlagartig kehrte wieder Ruhe ein. Mit vor Anspannung zitternder Stimme las Tom weiter vor: *»Übrigens, abhauen ist zwecklos. Wir werden stets wissen, was ihr vorhabt.«*

»Was bedeutet das?« Jenny sah Tom angstvoll an. »Haben die hier etwa Mikrofone versteckt?«

Tom beachtete sie nicht. Stattdessen las er auch noch den letzten Satz vor: *»Einer von euch ist unser Informant.«*

Regungslos standen sie alle da, unfähig, Toms Worte zu begreifen. Bis Marie ihm den Zettel aus der Hand nahm und den Text auf beiden Seiten noch einmal studierte. »Ich glaube, ich träume«, sagte sie. »Einer von uns arbeitet mit denen zusammen?« Sie hob den Kopf und schaute in die Runde. Von einem zum anderen ließ sie ihren Blick schweifen. Carlo, Hamid, Konstantin, Irina, die beiden Jüngsten, Jenny und Agneta, Fabian und Tom, Frederike, die schöne Xynthia und all die anderen. Niemand sagte ein Wort.

Doch natürlich dauerte das Schweigen nicht lange an. Hier und da wurde getuschelt.

»Was gibt es? Sprecht laut, wenn ihr was zu sagen habt!« Maries Augen wurden schmal. Jetzt war sie die Gräfin. Die, der keiner zu widersprechen wagte.

Xynthias Augenlider flatterten nervös. »Ich will ja nichts sagen«, meinte sie. »Aber … Aber woher wusste Irina, dass auf der Rückseite noch etwas stand?«

Irinas auch im Sommer blasse Haut wurde noch weißer. »Was heißt das? Natürlich willst du damit was sagen!« Sie schrie so überraschend los, dass Carlo zusammenzuckte. »Du willst sagen, dass ich die Verräterin bin!« In ihrer Empörung rollte sie das R noch stärker als sonst.

»Ich frag mich doch nur …«, erwiderte Xynthia und bohrte mit den nackten Zehen im Sand.

Irina unterbrach sie. »Ich hab *gesehen*, dass auf der Rückseite was stand, du Idiotin! Ich habe es *gesehen!*«

Agneta nickte. »Ich auch, Xynthia, ich hab es auch gesehen. Ehrlich.«

»Außerdem steht da Informant und nicht Informantin«, zischte Irina Xynthia an. Sie war immer noch wütend.

Doch Xynthia entschuldigte sich nicht. Sie zuckte nur mit den Schultern und vergrub die Fäuste in ihren Sweatpants, die sie so locker auf den Hüften trug, dass ein Streifen ihrer braun gebrannten Haut zu sehen war. Frederike stellte sich zu ihr und die beiden fingen an zu flüstern. Auch unter den anderen ging ein aufgeregtes Getuschel los. Carlo registrierte, dass ihn einige Blicke trafen. Oder bildete er sich das nur ein?

Konstantin, der mit finsterer Miene abseitsgestanden hatte, ergriff das Wort. »Wenn wir uns gegenseitig fertigmachen, bringt das gar nichts«, sagte er. »Wir setzen uns jetzt erst mal alle wieder hin. Und dann überlegen wir in Ruhe, was wir jetzt tun können.«

»Wie sollen wir das hinkriegen, wenn einer von uns ein Spion ist?«, zischte Tom. »Wem kann man denn jetzt noch trauen?« Doch auch er ging wie die anderen zum Feuer zurück, das mittlerweile erloschen war.

Marie wartete, bis alle im Kreis saßen. »Also, ich halte mal fest, was wir wissen. Erstens: Nachdem uns die Gnädig aufgefordert hat, auf die Insel zu gehen, wurde die Brücke in die Luft gejagt. Zweitens: In der Villa scheint niemand mehr zu sein, denn offenbar hat niemand die Explosion bemerkt. Drittens: Wir sind in der Hand von Kidnappern, die von unseren Eltern Lösegeld fordern. Und viertens: Anscheinend arbeitet jemand von uns mit den Verbrechern zusammen.«

»Bei uns gibt's absolut nichts zu holen«, murmelte Hamid.

Marie hatte seine leisen Worte gehört. »Hamid«,

sagte sie. »Es gibt bei einigen Familien kaum Geld zu holen. Aber da seid ihr die Ausnahmen. Ich schätze mal, für euch gilt ›mitgefangen, mitgehangen‹.«

»Na toll«, sagte Agneta und lächelte gequält. Die meisten wussten, dass auch sie zu den Kindern gehörte, die nur mithilfe eines Stipendiums im Internat sein konnten. Sie wandte sich an Marie. »Meinst du denn, dass die Gnädig was mit dem Ganzen zu tun hat? Schließlich hat sie uns doch aufgefordert, alle auf die Insel zu gehen …«

»Sogar, dass wir unsere Jacken mitnehmen sollen, hat sie extra noch betont«, warf irgendjemand ein. »Bestimmt, weil sie wusste, dass wir die Nacht über hierbleiben würden.«

Konstantin rieb sich sein Doppelkinn. »Also ehrlich, das klingt völlig absurd. Der Gnädig gehört die Villa da Vinci, sie hat sie geerbt. Die verdient sich eine goldene Nase mit dem Internat. Die wird doch nicht ihre eigenen Schüler entführen!«

»Vielleicht hat sie ihr Geld irgendwo verzockt …«, sagte Carlo. Doch die anderen lachten ihn aus.

»Du kennst sie noch nicht«, entgegnete Hamid. »Die zockt mit Sicherheit nicht. Und außerdem kann sie keiner Fliege was zuleide tun.«

Nein, alle waren sich einig, dass die Direktorin unmöglich eine Verbrecherin sein konnte. Auch als der

Verdacht daraufhin auf die Lehrer fiel, die im Internat geblieben waren, Herrn Lachnitz und Mister O'Neill, gab es niemanden, der den beiden ein solches Ding zutraute.

»Und Grundeis?« Es war Fabian, der den Namen in die Runde warf. »Er hat doch die Lehrer und die Gnädig in den Keller gelockt, als wir beim Essen waren. Na klar, und dann hat er die Gnädig gezwungen, uns auf die Insel zu schicken.«

Plötzlich gab es kaum noch Zweifel. Es konnte nur der Hausvater sein, der hinter allem steckte. Der war schon immer ein Griesgram und Kinderfeind gewesen. Und sein Vermögen war mit Sicherheit nicht so groß wie das der Schulleiterin. Aber wer war der Verräter, mit dem er zusammenarbeitete?

Wieder senkte sich düsteres Schweigen über die Gruppe. Bis Tom aufstand und in seiner großspurigen Art die Arme vor der Brust verschränkte. »Erinnert ihr euch, was auf dem ersten Zettel gestanden hat?«, fragte er düster.

»Dass wir von der Brücke weggehen sollen.«

»Ich meine etwas anderes. Dieser Spruch ganz zum Schluss. Das mit der dunklen Seite der Macht …«

»Klar, dieser *Star Wars*-Quatsch!«, rief Fabian.

Tom nickte. »Genau. Das war aus *Star Wars*. Glaubt ihr etwa, Grundeis kennt sich mit so was aus? Der kuckt doch nur Heimatfilme und solche alten Schinken.« Er holte tief Luft. »*Der* nicht.« Sein Blick ging zu Carlo. Dann setzte er sich wieder.

Was sollte das? Warum benahm sich Tom so bescheuert? Carlo sah ihn fassungslos an, doch Tom wich ihm aus.

Hamid war vor Wut knallrot geworden. »Hast du sie noch alle? Carlo ist ja wohl nicht der Einzige, der *Star Wars* gut findet. Die dunkle Seite der Macht, das kennt doch wohl jeder, du Arsch!«

»Stimmt. Aber nicht jeder, der die Filme kennt, haut ständig solche Sprüche raus«, meinte Xynthia. »Ich finde das auch ziemlich verdächtig.«

»Das beweist doch gar nichts.« Hamid funkelte sie an. »Glaubst du, dass Carlo in der kurzen Zeit, die er hier ist, dem Grundeis *Star Wars*-Sprüche beigebracht hat, oder was?«

»Nee. Aber er hat die Zettel natürlich selbst geschrieben, bevor er sich mit uns zusammen auf der Insel hat gefangen setzen lassen.«

Unruhe machte sich im Kreis breit, als hätte jemand Juckpulver verstreut. Agneta, die schon die ganze Zeit über herumgezappelt hatte, sprach aus, was sicher auch einige andere dachten. »Aber so dumm wäre Carlo doch nie im Leben!«, rief sie. »Erst was aus *Star Wars* zu Papier bringen und uns am nächsten Tag mitteilen, dass es unter uns einen Verräter gibt. Der haut sich doch nicht selbst in die Pfanne.«

»Keine Ahnung«, sagte Fabian. »Aber Tom hat's ja schon gestern gesagt: Seitdem Carlo hier ist, passieren diese Dinge.«

»Wie könnt ihr so was behaupten! Ihr beiden, Tom und du, ihr seid doch auch neu auf der Schule!« Hamid kochte immer noch vor Wut.

»Leute, wir sollten niemanden verdächtigen, wenn wir keine richtigen Beweise haben«, versuchte Marie zu schlichten.

Jetzt sprang Agneta auf. Sie stemmte die Arme in die Seiten und ihre hellen Augen blitzten nur so. Wie ein Glorienschein schimmerten ihre weißblonden Haare in der Morgensonne. »Wir haben überhaupt keine Beweise!«, schrie sie. »Wir haben Angst! Das ist es. Und deshalb machen wir uns hier gegenseitig fertig. Aber das hat doch alles überhaupt nichts mit Carlo zu tun, kapiert ihr?« Sie schaute in die Runde, doch niemand antwortete ihr. Alle starrten wortlos in die schwarzen Überreste des Feuers.

Carlo hatte das Hin und Her mit klopfendem Herzen verfolgt. Ein Satz kam ihm in den Sinn. Ein Satz, den Yoda zu Anakin Skywalker gesagt hatte. »Furcht führt zu Wut, Wut führt zu Hass, Hass führt zu unsäglichem Leid.« Aber er hielt seinen Mund. Er würde den Teufel tun, noch ein einziges Mal was aus *Star Wars* zu bringen. Eher biss er sich die Zunge ab. Am liebsten wäre er weggelaufen, hätte sich im Bett verkrochen und die Decke über den Kopf gezogen, sodass niemand die Tränen sah, die ihm in den Augen standen. Aber wohin sollte er auf dieser verdammten Insel laufen?

Er stand auf und ging zu dem kleinen Wäldchen hinüber. Mit dem Rücken zur Gruppe setzte er sich unter einen Baum und vergrub den Kopf in den Händen, den Geschmack von Blut im Mund. Erst jetzt merkte er, dass er sich in die Unterlippe gebissen hatte. Als er Schritte hörte, hob er den Kopf. Hamid und Agneta waren ihm gefolgt. Sie hockten sich rechts und links neben ihn.

»Die spinnen doch total«, sagte Agneta und legte ihm den Arm um die Schultern. Doch Carlo nahm das kaum wahr. Irgendetwas lief hier in die komplett falsche Richtung und er begriff einfach nicht, was hinter all dem steckte.

Das Geräusch des Hubschraubers holte ihn aus seinem dumpfen Brüten. Kam jetzt eine neue bescheuerte Botschaft?

Natürlich war es wieder Tom, der die Aufgabe übernahm, das Päckchen von den Kufen zu pflücken. Diesmal hatte der Helikopter nicht nur einen Zettel, sondern auch ein kleines Aufnahmegerät gebracht. Carlo wischte sich mit dem Handrücken über die Augen und ging mit Hamid und Agneta zu den anderen zum Strand hinüber, um zu hören, wie Tom den Zettel vorlas.

»Sprecht nacheinander den folgenden Text ins Mikro: ›Hier ist xyz. Mir geht es gut. Bitte folgt den Anweisungen der Kidnapper, dann passiert mir nichts. Ich habe große Angst! Verständigt auf keinen Fall die Polizei. Sonst seht ihr mich nie wieder.‹«

Fassungslos starrten alle Tom an. Niemand achtete mehr auf Carlo, der genau wie die anderen atemlos zugehört hatte. Bei Toms letztem Satz schluchzte Jenny so laut auf, dass Marie sie fest in die Arme nahm, um sie zu beruhigen.

»Hört mal«, sagte sie, »wir müssen uns beraten, ob wir dieser Aufforderung nachkommen wollen oder nicht.«

»Natürlich tun wir das! Willst du, dass die uns umbringen?« Frederike kuckte Marie entsetzt an.

Marie schien die Ruhe selbst zu sein. Nur die hektischen roten Flecken, die sich ihren Hals hochzogen, sodass das Schlangentattoo kaum mehr zu sehen war, verrieten ihre Nervosität. Sie schlug vor, erst noch einmal über Möglichkeiten nachzudenken, von der Insel wegzukommen.

»Nein!« Fabian sprang Frederike bei. »Ich will überhaupt nichts mehr versuchen! Das ist viel zu riskant.«

»Genau. Und wie gesagt: Wir können ja keine Pläne schmieden, solange es hier einen Verräter gibt.« Tom schaute demonstrativ zu Carlo hinüber, der es die ganze Zeit vermieden hatte, in seine Richtung zu kucken. Stattdessen starrte er auf den See, als ob er die im Wasser dümpelnden Holzbalken zählen müsste.

Doch jetzt sah Carlo ihn an. »Von mir aus setzt euch doch in irgendeine Ecke und schmiedet Pläne, Tom. Ich werde ganz bestimmt nicht lauschen. Ich bin froh, wenn ich dein Gequatsche nicht hören muss. Ich würde nur gerne wissen, was du auf einmal gegen mich hast.«

»Nichts. Ich hab nichts gegen dich. Wenn es hier dicke Luft gibt, dann hast du dir das ganz allein selbst zuzuschreiben.« Tom verschränkte die Arme vor der Brust, genau wie Fabian, der neben ihm stand. Ohne ein weiteres Wort lösten sie sich von der Gruppe und stellten sich ein paar Meter abseits, gefolgt von Frederike und Xynthia und ein paar anderen. Sie beugten die Köpfe über den Brief der Entführer und schienen sich nicht mehr um die anderen zu scheren.

Aber Carlo war noch nicht fertig. »Ja, redet nur ohne mich!«, rief er mit fester Stimme, obwohl er innerlich vor Wut und Enttäuschung bebte. »Aber ich sage euch eins: Ich bin nicht der Verräter. Ich bin es nicht. Wie wollt ihr also sicher sein, dass es nicht einer von euch ist?«

Seine Worte stifteten tatsächlich Verwirrung. Man konnte sehen, wie unwohl sich einige fühlten. Jenny schluchzte wieder los. »Es ist grässlich, wie ihr euch gegenseitig fertigmacht. Können wir jetzt nicht einfach diese Sätze aufnehmen, damit wir hier bald wegkommen?«

Doch Marie machte ihr klar, dass die Sache alles andere als einfach war. Woher sollten sie denn wissen, ob die Kidnapper sie tatsächlich freilassen würden, wenn sie das Geld hätten? »Es wäre besser, wir hätten irgendeine Sicherheit«, sagte sie.

»Was denn für eine Sicherheit?«, fragte Konstantin. »Was meinst du damit? Dass die einen Eid schwören, oder so was?«

»Nein«, antwortete Marie. »Dass wir den Verräter finden. Der ist dann so etwas wie ein Pfand in unseren Händen.«

»Das ist doch Blödsinn, Marie!« Konstantin wurde lauter. »Natürlich lassen sie uns frei. Sie können doch nicht fünfzig Kinder auf ewig hier festhalten oder womöglich ...« Er machte eine Pause, die sich fürchterlich anfühlte, und Jenny stöhnte gequält auf. »Lasst uns über den Spion nachdenken«, sagte er schnell. »Und zwar ohne irgendein Vorurteil gegen irgendjemanden, nur weil ...«

»Und zwar ohne den Hauptverdächtigen«, fiel Tom ihm ins Wort.

»Also«, Xynthia fuhr sich mit den Fingern durch die Locken und wartete, bis alle Augen auf sie gerichtet waren, »also, ich sehe das so wie Tom«, sagte sie. »Kommt!« Sie hakte sich bei Tom ein und mit langen Schritten stolzierte sie los in Richtung Inselmitte. Ein paar unsichere Blicke flogen hin und her, dann folgten ihnen die meisten. Sie ließen sich an der Rückwand des Anglerschuppens nieder und rückten eng zusammen.

»Menschenfischer«, sagte Hamid voller Grimm.

Carlo sah ihn überrascht an. Aber dann nickte er. Ja, er verstand, was Hamid meinte. Solche Leute wie Tom und Xynthia, die so schön und reich und selbstbewusst waren und die immer den Ton angeben mussten, das waren Menschenfischer und die Leute gingen ihnen ins Netz. Er seufzte schwer. Klar, er hatte die beiden ja auch toll gefunden. Sein Blick fiel auf Marie, die immer noch den Arm um Jenny gelegt hatte. Marie war auch eine, die gerne bestimmte. Aber sie war schließlich die Älteste hier und unglaublich intelligent. Und vor allem kümmerte sie sich um die anderen und übernahm Verantwortung und stänkerte nicht nur rum ...

Es waren sechs Leute, die bei Carlo geblieben waren und die sich jetzt in einem kleinen Kreis zu ihm in den Sand hockten: Hamid, Marie, Konstantin, Irina, Jenny und Agneta. Carlo setzte sich so, dass er den Anglerschuppen nicht sehen musste. Er konnte es kaum ertragen, dass sich so viele von Toms und Xynthias Verdächtigungen hatten anstecken lassen.

Marie sprach als Erste. »Also, ich denke, der Verräter oder die Verräterin kann nicht einer von den Neuen sein. Denn wenn tatsächlich Grundeis der Täter ist, müssten die beiden sich ja schon länger kennen. Und falls jemand anderes dahintersteckt, hat er verdächtig viel Insiderwissen über unser Internat. Das kann er nur von einem der älteren Schüler haben.«

»Was meinst du mit Insiderwissen, Marie?«, fragte Jenny, die immer noch verweinte Augen hatte.

»Na ja, es ist doch sicher kein Zufall, dass wir genau am ersten Vor-Turnier-Wochenende überfallen wurden. Das sind die einzigen Wochenenden, an denen wirklich alle Kinder im Internat sind. Da ist die Beute mit Abstand am größten. Und auf der Insel ist stets einiges vorbereitet, sodass wir immerhin Feuer und auch Essen für einen Tag haben und …«

»Aber das heißt doch, dass die Entführer nicht ganz so grausam sein können!«, unterbrach sie Agneta aufgeregt.

Marie nickte. »Ja, immerhin …«

»Wer unter den Alten käme denn für so eine Sauerei infrage?« Konstantin sah Marie an. »Du und ich, wir sind am längsten im Internat.«

»Ich bin fast genauso lange hier und Xynthia auch«, warf Irina ein. »Das bringt doch nichts. Alle Schüler wissen vom Turnier und den Wochenenden davor.«

»Gibt es denn jemanden, zu dem Grundeis irgendwie netter war? Den er bevorzugt hat?«, fragte Carlo. Ihm war in den letzten Minuten leichter ums Herz geworden.

Wie auf Knopfdruck schüttelten die anderen sechs die Köpfe. Doch Agneta machte ein nachdenkliches Gesicht. »Wenn ich ehrlich bin … Zu mir war er eigentlich nie so richtig unfreundlich.«

Marie lachte. »Zu dir *kann* man gar nicht unfreundlich sein, Agneta. Nicht mal Grundeis. Das ist nun wirklich kein Beweis dafür, dass du mit ihm unter einer Decke steckst.«

»Ich glaube, so kommen wir nicht weiter. Wir können nur hoffen, dass der Verräter sich irgendwie selbst verrät.« Hamids Blick wanderte zum Anglerschuppen hinüber, wo die Gruppe um Xynthia und Tom lautstark diskutierte. »Und dass die da drüben nicht durchdrehen. Wir hätten keine Chance, so viele wie die sind.«

»Größe ist nicht alles. Die kleinere Truppe wir sind, dafür größer im Geist. Hat Yoda zu den Klonen gesagt, als die Angst vor den Kampfdroiden hatten«, traute sich Carlo zu sagen, und jetzt lachten die anderen wie befreit.

Die Firma 7

Max ließ das Fernglas sinken und legte es aufs Fensterbrett. »Was quatschen die da die ganze Zeit? Warum fangen sie nicht mit den Aufnahmen an? Vielleicht hat sie die Information über den Verräter doch zu sehr abgelenkt. Das hätten wir wohl lieber lassen sollen.«

»Nein«, meinte Kyra mit Bestimmtheit. »*Divide et impera.* Teile und herrsche – auch darauf beruht unser Plan. Wenn man eine Gruppe beherrschen will, muss man sie entzweien. Das ist eine altbekannte historische Erkenntnis. Schon die römischen Kaiser haben sich diese Taktik zunutze gemacht, auch wenn erst Machiavelli …«

Pierre stöhnte auf.

Doch Kyra ließ sich nicht beirren. »Auch wenn erst Machiavelli im 16. Jahrhundert den Spruch in dieser Form geprägt hat«, beendete sie in aller Ruhe ihren Vortrag. »Ihr werdet sehen: Die sind jetzt so mit sich selbst beschäftigt, dass sie nicht mehr ans Ausbrechen denken.«

»Also, ich hab das Gefühl, die Kiddies nehmen die Sache nicht richtig ernst.« Pierre verschränkte die muskulösen Arme vor der Brust. »Vielleicht denken sie immer noch, dass das nur ein großer Spaß ist. Wir sollten ihnen ein bisschen Dampf machen, damit sie in die Puschen kommen.«

»Okay. Dann schieß mal los.« Kyra lachte zweideutig.

Pierre ging zum Wandschrank und nahm die Great Lakes Impact heraus, eine Armbrust, mit der ein geübter Schütze ohne Weiteres ein paar Hundert Meter Distanz überwinden konnte. Und Pierre war ein extrem guter Schütze. »Auf zum alten Hochstand«, sagte er.

Kyra und Max sahen ihm vom Fenster aus zu, wie er das Gärtnerhaus hinter sich ließ und mit der Armbrust Richtung See ging.

»Waidmannsheil! Aber sei vorsichtig, schieß ja nicht aus Versehen daneben«, rief Kyra, obwohl sie nicht an Pierres Schießfertigkeit zweifelte. Sie war sich sicher, dass der Pfeil sein Ziel und seinen Zweck erreichen würde.

In der Gruppe beim Anglerschuppen war es mittlerweile ruhiger geworden. Misstrauische Blicke wanderten hin und her, als Carlo und die anderen sechs auf sie zukamen.

»Hört mal, Leute«, sagte Marie und schaute Xynthia dabei direkt in die Augen. »Wir sollten zusammenbleiben und nicht gegeneinander arbeiten. Alles andere ist doch Schwachsinn. Habt ihr irgendwelche neuen Erkenntnisse?«

Xynthia schüttelte schlecht gelaunt den Kopf. »Nicht wirklich.«

»Und wenn, würden wir sie euch nicht sagen«, murmelte Tom so leise, dass man es gerade noch verstehen konnte.

Marie atmete hörbar ein und wieder aus. Dann erklärte sie, warum Carlo sicher kein Verräter war.

Doch noch bevor sie fertig war, wurde sie von Tom unterbrochen. »Lass stecken«, sagte er. »Wir sind auch der Meinung, dass es nicht Carlo ist.«

»Und was sollte dann deine Bemerkung vorhin?«

Xynthia mischte sich ein. »Gut möglich, dass Carlo nicht infrage kommt, weil er reiche Eltern hat – aber das trifft ja nicht auf jeden von euch zu, oder?« Sie warf ihren langen Locken nach hinten und machte eine herablassende Miene.

In Carlo brodelte es. Wie hatte er diese eingebildete Kuh bloß jemals hübsch finden können? Er spürte, wie Hamid neben ihm erstarrte.

»Was?!«, schrie Hamid. »Ihr seid doch wohl total bescheuert! Wollt ihr jetzt alle Kinder mit Stipendium verdächtigen?«

»Ja«, sagte Tom ganz ruhig, als wäre dieser Gedanke völlig normal. »Das siehst du richtig, Hamid. Wir denken, es ist das Sicherste, wenn die vierzehn Stipendiaten erst mal bei unseren Beratungen nicht dabei sind. Es sind schließlich diejenigen, die ein Motiv haben, durch Erpressung zu Geld zu kommen. Wir werden …«

Weiter kam er nicht. Ein Geräusch ließ ihn zusammenschrecken, ein schnalzender Knall. Unwillkürlich duckten sich alle und zogen die Köpfe ein.

»Da!« Irina zeigte zu der Erle hinter dem Schuppen

hoch. Jetzt sah Carlo es auch und ihm stockte vor Schreck der Atem. Knapp unter dem Wipfel steckte ein Pfeil im Stamm.

»Die schießen!« Der Satz hing noch in der Luft, als sich der zweite Pfeil in den Stamm bohrte, diesmal einen halben Meter tiefer. Der dritte, der nur zehn Sekunden später folgte, traf noch ein Stückchen weiter unten. Der dünne Schaft flatterte von der Wucht, mit der der Pfeil sein Ziel getroffen hatte.

Carlo hatte sich auf die Knie in den Sand fallen lassen. Seine Kopfhaut kribbelte. Der nächste Pfeil würde auf Augenhöhe landen!

Doch es kam kein weiterer. Wer immer da auf sie geschossen hatte, gab vorerst Ruhe.

»Mann«, stöhnte Fabian, »wir hätten tot sein können.«

»Die haben mit Absicht zu hoch geschossen. Das waren Warnschüsse«, sagte Hamid. Er schaute den Stamm hinauf. »Da hat aber jemand eine verdammt sichere Hand. Dreimal hintereinander den Stamm zu treffen … alle Achtung.«

»Spinnst du?«, knurrte Tom ihn an. »Vor so jemandem hat man doch keine Achtung.« Er warf Hamid einen verächtlichen Blick zu. »Es sei denn, man steckt mit dem unter einer Decke.«

»Hamid war doch schon immer ein Fan von Robin

Hood. Und der war auch nichts anderes als ein asozialer Verbrecher«, lästerte Xynthia.

Marie funkelte sie an. »Hört jetzt endlich mit diesen Verdächtigungen auf, ihr Idioten!«

»Ja«, sagte Agneta. »Erklärt mir mal lieber, wieso da fünf Pfeile in dem Baum stecken, obwohl nur dreimal geschossen wurde.«

Alle folgten ihrem Blick. Und jetzt sahen es auch die anderen: Ein wenig versteckt hinter den Zweigen waren noch zwei weitere Pfeile zu erkennen.

Konstantin wusste eine Erklärung. Jemand hatte offenbar schon mal auf den Baum geschossen, aus der gleichen Richtung, vielleicht um zu üben. Er stand auf und ging von der Erle aus in Richtung See, die Augen auf die Büsche und das Gras gerichtet. Nach sechs, sieben Metern bückte er sich und schwenkte triumphierend einen weiteren Pfeil durch die Luft. Mit dem Pfeil in der Hand kehrte er zu den anderen zurück.

»Zeig mal.« Fabian kam ihm ein paar Schritte entgegen. »Das ist ein Carbonpfeil, 22 Inches. Besseres Material, als wir beim Sport benutzen.«

Im selben Moment sauste ein weiterer Pfeil durch die Luft. Er landete im Sand des Seeufers, zwanzig Meter von den Kindern entfernt. Hamid lief los, um ihn zu holen. Als er damit zurückkam, hielt er die Augen auf den Schaft gerichtet.

»Sie haben was draufgeschrieben«, rief er, »mit Edding oder so was Ähnlichem.«

»Ist doch scheißegal, womit.« Tom sprang auf und riss ihm den Pfeil aus den Händen. »Gib her!«

»Was soll denn das?« Hamid gab ihm einen Schubs.

Toms Gesicht war verzerrt vor Hass. »Fass mich nicht an, du Scheißausländer!«, schrie er.

Da brannte bei Carlo eine Sicherung durch. Es reichte, es reichte absolut! Voller Zorn warf er sich auf Tom und packte ihn bei der Kehle. Die ganze Enttäuschung über Toms plötzliche Kälte, über seine Anschuldigungen und sein ganzes blödes Getue brach aus ihm heraus.

»Lass meinen Freund in Ruhe!«, brüllte er. »Das ist einfach nur dumm, was du sagst!« Bei jedem Wort schüttelte er ihn wild und wütend. Tom keuchte und rang nach Luft. Er riss sich los und stürzte zu Boden, so unglücklich, dass er sich mit der Pfeilspitze die nackte Wade aufritzte. Blut schoss aus der Wunde. Er schrie auf und presste die Hand aufs Bein.

»Ihr seid so was von dämlich!« Auch Marie brüllte jetzt los. Wütend sah sie von einem zum anderen. Dann drehte sie sich um. »Hat jemand ein Halstuch zum Verbinden?«

Carlos Herz galoppierte immer noch vor Aufregung. Er stand da, die Fäuste geballt, sein Magen ein steinharter Klumpen. Er wollte hier weg! Er wollte einfach nur weg von dieser beschissenen Insel.

Es dauerte eine Sekunde, bis er merkte, dass Hamid ihn anstupste. »Danke«, sagte er. »Danke, Carlo.«

Während sich Konstantin neben Tom kniete, um die Wunde zu versorgen, nahm Marie den Pfeil an sich und entzifferte den Satz, der in winzigen Buchstaben auf dem Schaft stand: *»Wir warten noch genau sechzig Minuten!«*

Sie bückte sich zu Tom hinunter. »Ich will solche idiotischen Sprüche hier nicht noch mal hören, kapiert? Niemand will die hören. Und jetzt gib das Aufnahmegerät her«, sagte sie mit einer Stimme, die keinen Widerspruch duldete. »Wir haben genug Zeit vertrödelt. Wenn wir die Aufnahmen nicht fertig haben, dann schießen die Typen nicht mehr daneben, da bin ich mir ziemlich sicher.«

Viele der Jüngeren waren durch die letzten Erlebnisse so geschockt, dass sie ihre Tränen nicht zurückhalten konnten, während sie ihren Satz in das kleine Mikrofon sprachen. Jenny brauchte mehrere Minuten für die wenigen Worte.

»Hallo Mama, Papa, hier ist Jenny … Jennifer … Mir geht es gut. Bitte folgt den Anweisungen der Kidnapper, dann passiert mir nichts. Ich habe große Angst!

Bitte verständigt auf keinen Fall die Polizei. Bitte … Sonst seht ihr mich nie wieder«, schluchzte sie stockend, während ihr Marie den Zettel mit den Worten der Kidnapper und das digitale Aufnahmegerät vor die Nase hielt.

Carlo sah seine Eltern vor sich, wie sie mit Richard zusammen um den Esstisch saßen und versuchten, Ruhe zu bewahren. Vielleicht war auch Frau Lehmann dabei, sie vertrauten ihr mehr als jedem anderen Menschen. Sicher würde sie weinen, Frau Lehmann … Ach, Mensch … Hastig beendete er die Aufnahme und reichte das Gerät an Konstantin weiter.

Die Sonne stand hoch am Himmel und der Hubschrauber war schon im Anflug auf die Brücke, als der Letzte noch seinen Satz in das Gerät sprach. Tom wollte ihm entgegenlaufen, aber diesmal war Marie schneller und überholte ihn. Sie legte den Apparat in das Säckchen, das an den Kufen hing.

Tom humpelte theatralisch zu den anderen zurück und ließ sich in den Sand fallen. Wieder fing er davon an, dass sich alle außer den Stipendiaten versammeln sollten.

Ein jüngeres Mädchen namens Michelle meldete sich. »Und ich? Wir haben ein Stipendium beantragt, aber es ist noch nichts entschieden. Vielleicht muss ich nach den Ferien die Schule verlassen.«

Tom warf ihr einen genervten Blick zu. »Mach, was du willst, Michelle«, sagte er.

Marie versuchte mit all ihrer Autorität, die Spaltung der Gruppe zu verhindern. Aber gegen die Atmosphäre aus Angst und Misstrauen war sie machtlos. Xynthia, Tom, sein Cousin Fabian und Frederike schafften es, die meisten der Kinder aus wohlhabenden Familien um sich zu versammeln. Sie schienen entschlossen, den Schuppen als ihr Hauptquartier nicht mehr herzugeben. Da er zu klein war, um allen im Inneren Platz zu bieten, ließen sie sich wieder an der Rückwand nieder.

Die andere Gruppe, die sich am Strand um das erloschene Lagerfeuer versammelte, bestand jedoch nicht nur aus den vierzehn hochbegabten Kindern, deren Schulbesuch von einer Studienstiftung finanziert wurde. Denn auch Marie, Jenny und Konstantin, deren Eltern alle Geld wie Heu hatten, weigerten sich bei Tom und Xynthia mitzumachen – ganz zu schweigen von Carlo, der jetzt neben Hamid im Sand hockte und nervös an seinem Ohrläppchen zupfte. Auch Michelle hatte sich für die kleinere Gruppe entschieden. Sie setzte sich zu Jenny und Agneta, mit denen sie sich auch das Internatszimmer teilte. Und nach kurzem Zögern stieß noch Irina zu ihnen. So waren sie immerhin zwanzig Leute.

»Zunächst müssen wir eins klären: Gibt es hier jemanden, der oder die glaubt, dass einer von uns ein Verräter ist?«, fragte Marie. Sie kniete im Sand und saß mit geradem Rücken und hoch erhobenem Kopf auf ihren Fersen, sodass sie die anderen deutlich überragte.

Die Antwort war ein vorsichtiges, kaum merkbares Kopfschütteln. Alle schauten auf das erloschene Feuer, als ob zwischen den verbrannten Holzstücken die Wahrheit aufflackern könnte. Bis Konstantin schließlich das Wort ergriff.

»Ich traue das absolut niemandem von uns zu. Und ich finde, wir sollten dieses bescheuerte Thema einfach vergessen. Lasst uns lieber darüber nachdenken, ob es sinnvoll ist, einen Fluchtplan zu entwickeln, oder ob wir abwarten sollten, bis die Kidnapper uns freilassen.«

Jetzt flogen die Meinungen nur so hin und her. Einige wollten auf keinen Fall irgendetwas tun, was die Kidnapper wütend machen könnte. Aber vor allem Carlo und Hamid, die beide in den letzten Stunden Opfer von Verdächtigungen geworden waren, wollten nicht tatenlos auf der Insel hocken. Carlo hielt es kaum aus, wie aus der anderen Gruppe böse zu ihnen hinübergesehen wurde. Und Hamid war immer noch durch den Streit mit Tom aufgebracht. »Dem blöden Typen gehe ich noch an die Gurgel, wenn ich länger mit dem auf dieser winzigen Insel zusammen sein muss«, schimpfte er.

Nach einer halben Stunde war man sich in Carlos Gruppe nur in einem einig: Es war dringend notwendig, etwas zum Essen zu besorgen, sprich, die Angeln auszuwerfen. Und dafür mussten Regenwürmer gesucht werden.

Die anderen waren offensichtlich zu einer ähnlichen Erkenntnis gekommen. Denn auch die Versammlung beim Schuppen löste sich auf, und alle suchten den Boden ab. Allerdings hatte man eine Art Wache organisiert: Xynthia und Tom beteiligten sich nicht an der Suche, sondern standen abseits und behielten den Strand im Blick – vor allem die Stipendiatengruppe.

Der Tag war zermürbend lang. Es herrschte eine derart schlechte Stimmung auf der Insel, dass man sie förmlich riechen konnte. Als es endlich dunkel wurde, war Carlo erschöpft und aufgedreht zugleich. Mit hundertprozentiger Sicherheit würde er nicht schlafen können. Er suchte mit Hamid zusammen am Strand flache Steine und zeigte ihm, wie man sie übers Wasser hüpfen lassen konnte.

Seitdem er sich wegen Hamid mit Tom geprügelt hatte, gab es eine neue Verbundenheit zwischen ihnen.

Dabei hatte er sich ja von Anfang an schon gut mit ihm verstanden, oder? Er war nur genervt gewesen, weil man ihm ohne Vorwarnung und ohne ihn zu fragen einen Zimmergenossen vor die Nase gesetzt hatte. Hamid war in Ordnung. Mit ihm zusammen konnte er locker sein, einfach nur er selbst, ohne besonders cool sein zu müssen. Und dass Hamid sicher doppelt so schlau war wie er selbst, war genauso wenig Thema wie die Tatsache, dass die Karfreitags x-mal reicher waren als Hamids Mutter.

Carlo ließ seinen letzten Stein übers Wasser springen und schaute zur Villa hinüber. Kein einziges Licht brannte hinter den Fenstern, sie sah verlassen aus.

Hamids Blick dagegen ging in eine andere Richtung, ein Stück südlich des Internats. »Von dort sind die Pfeile gekommen«, sagte er leise. »Alle, auch die beiden Übungspfeile. Das erkennt man an den Einschüssen.« Er starrte in die grüne Wildnis, als wollte er dort drüben jemanden hypnotisieren. Dann leuchteten seine Augen auf. »Natürlich! Sie sind in dem alten Haus!«

»Was für ein Haus?«

»Es liegt auf einem Hügel. Kuck mal genau hin. Das kleine dunkelgrüne Fleckchen dort ist das Dach, den Rest kann man von hier aus nicht sehen. Früher soll da der Gärtner mit seiner Familie gewohnt haben, aber jetzt steht es leer. Ich hab es mal entdeckt, als ich im Wald umhergestreift bin.«

»Aber das steht zwischen lauter Bäumen, von dort aus kann man doch nicht schießen«, antwortete Carlo.

»Nicht direkt vom Haus aus. Aber es gibt zum Beispiel einen Hochsitz in der Nähe des Ufers.«

»Mensch …« Carlo knabberte aufgeregt an seinem Daumennagel. Wenn Hamid recht hatte, dann wussten sie also, wo sich die Kidnapper aufhielten. Das war doch schon mal was!

»Jetzt müssen wir nur noch herausfinden, wie die den See manipulieren«, meinte Hamid, und er klang, als ob das ein Klacks wäre. Erwartungsvoll sah Carlo ihn an. Sicher hatte er schon eine Idee oder eine Ahnung.

Doch Hamid stieß ihn mit dem Ellenbogen in die Seite. »Los, denk nach! Red dich ja nicht raus, dass du kein Alpha bist. Wie schaffen die das, dass da plötzlich so eine ungewöhnliche Strömung ist?«

Carlo zuckte mit den Schultern. Eine Strömung? Woher konnte die kommen, um alles in der Welt? Während er die Wellen beobachtete, die unaufhörlich sanft ans Ufer plätscherten, tauchte ein Bild vor ihm auf: Der Swimmingpool zu Hause im Garten … Er war nicht besonders groß, aber man brauchte nur einen Schalter anzuknipsen und dann konnte man kräftig kraulen und schwimmen, als wäre man im Meer. »Vielleicht …«, sagte er zögernd, als traute er seinen eigenen Überlegungen nicht richtig, »vielleicht gibt's hier so was wie eine Gegenstromanlage, und damit erzeugen sie so einen Druck unter Wasser, dass man nicht dagegen anschwimmen kann.«

Hamid brauchte nur eine Sekunde, dann hatte er begriffen. »Mann, Carlo, du hast es erkannt! Das ist die einzige Erklärung. Sie haben was gebaut, womit sie Strömung erzeugen können. Genial …« Er klopfte ihm auf die Schulter.

Carlo strahlte vor Stolz.

Jetzt war nur noch die Frage zu klären, wie man diese Anlage ausschalten konnte. Seite an Seite setzten sie sich in den Ufersand und starrten wieder aufs Wasser.

»Es ist egal, wie wir es auch anstellen«, sagte Carlo schließlich. »Sie werden nicht zulassen, dass wir das Ding ausschalten, Hamid. Sie beobachten doch jeden unserer Schritte. Mit Sicherheit haben sie einen Bogen mit Zielfernrohr benutzt, um so perfekt treffen zu können. Mit einem guten Fernglas können sie uns ganz genau erkennen.«

»Nicht, wenn es dunkel ist«, antwortete Hamid. »Ich versuch es heute Nacht noch mal an einer anderen Stelle. Sie können nicht den ganzen See kontrollieren. Das können sie einfach nicht. Dafür ist er zu groß.«

Carlo runzelte die Stirn. »Und woher weißt du, wohin du schwimmen musst?«

»Wir müssen uns in sie hineinversetzen. Was würdest du tun, wenn du verhindern wolltest, dass jemand abhaut?«

»Ich würde den Strand bei der Villa kontrollieren.« Carlo hob einen Stein auf und schleuderte ihn über das Wasser in Richtung der Villa da Vinci.

»Genau. Aber die Strömung war auch auf der gegenüberliegenden Seite. Von daher schätze ich, dass sie alle vier Himmelsrichtungen abdecken. Und sicher auch noch das Ufer, das ihrem Versteck am nächsten ist.« Hamid überlegte kurz. »Ich denke, ich sollte es ein Stück weiter südlich versuchen.«

»Aber was ist mit dem Mond? Es ist viel zu hell. Die können dich einfach abknallen, wenn du ans Ufer gehst.« Carlo kroch eine dumpfe Angst den Nacken hoch. Er sah Hamid vor sich, wie er einen Pfeil in den Rücken bekam, ins Wasser zurücksank und sich der See um ihn herum dunkelrot färbte.

»Der Mond wird nicht die ganze Zeit scheinen«, erwiderte Hamid unbeeindruckt. »Bei den vielen Wolken am Himmel wird es bestimmt irgendwann richtig dunkel sein. Und genau die Zeit werde ich nutzen.«

»Dann komme ich mit! Wir machen das gemeinsam. Diesmal passe ich auf, dass ich mich nicht sinnlos abzappele, wenn es nicht weitergeht.«

Hamid war nur zu gerne einverstanden. Er schlug vor, den Plan mit den anderen zu besprechen. Wenn sie einfach verschwanden, würde es am Morgen ein Riesentheater geben, was den Kidnappern sofort auffallen würde. Doch Carlo wollte die Gruppe um Tom und Xynthia nicht einweihen. Die würden den Plan doch nur als Beweis dafür nehmen, dass sie abhauen wollten, weil sie zu den Verbrechern gehörten. »Wir sollten nur mit unseren Leuten reden«, schlug er vor und Hamid nickte.

Sie gingen zu Marie und Konstantin hinüber, die gerade dabei waren, das Feuer und den Grill für die Fische vorzubereiten. Irina und ein paar andere schöpften mit leeren Colaflaschen Wasser zum Trinken aus dem See. Während Hamid von ihren Überlegungen erzählte, kamen Agneta, Jenny und Michelle dazu. Nach kurzem Zögern stimmten alle dem Plan zu.

Agneta hatte auch sofort einen Vorschlag parat. »Wir müssen sie ablenken, die Kidnapper genauso wie Xynthia, Tom und die anderen. Sobald dickere Wolken aufziehen, kriege ich einen hysterischen Anfall. Ich heule und kreische, sodass alle nur noch auf mich achten, und dann halte ich die Luft an, bis ich blau werde.«

Marie lachte.

»Das nimmt dir niemand ab, Agneta. Du bist doch immer die Coolste von allen.«

Agneta zuckte die Schultern. »Auch coole Leute können mal ausflippen.«

Da meldete sich Jenny. Zum Erstaunen aller war sie entschlossen, diese Rolle zu übernehmen. Ihr würde man schließlich am ehesten glauben, dass sie vor lauter Angst durchdrehte. Richtig froh schien sie zu sein, dass ihre Ängstlichkeit mal zu etwas gut war. Ihr sonst immer so blasses Gesicht war vor Aufregung gerötet.

Die anderen waren skeptisch, doch Jenny ließ sich nicht beirren. »Ich kann das! Ich brauch mir nur vorzustellen, welche schrecklichen Sorgen meine Eltern jetzt haben und wie grässlich es hier ist, weil wir nicht wissen, was passieren wird.« Ihre Stimme wurde ganz leise. »Da brauch ich gar nicht groß zu schauspielern«, sagte sie.

»Gut.« Marie nickte. »Dann ist das abgemacht. Am liebsten würde ich selbst mitkommen, aber …«

»Aber es ist besser, wenn du auf der Insel bleibst«, sprach Agneta für sie weiter. »Wenn die Schnösel da drüben Stunk machen, bist du wahrscheinlich die Einzige, die sie in Schach halten kann.«

»An welcher Stelle wollt ihr es versuchen?«, fragte Konstantin.

Hamid warf unter seinen langen schwarzen Wimpern einen Blick zu dem bewaldeten Hügel mit dem Gärtnerhaus. Dorthin, direkt zur Höhle des Löwen, wollte er jedenfalls nicht. Lieber drüben an Land einen Umweg gehen, das war sicherer.

Sie entschieden, erst einmal die Fische zu grillen und sich zu stärken, bevor es losging. Obwohl Carlo eigentlich Hunger hatte, war ihm nicht nach Essen zumute. Er vibrierte innerlich vor Anspannung. Was würde diese Nacht noch bringen?

Die Firma 8

Kyra und Max waren durch den Wald zur Villa gelaufen und saßen jetzt neben Valeria im Büro von Frau Doktor Gnädig. Immer noch kamen Anrufe von Eltern, die in ihrer Not hofften, dass ihr Kind doch noch im Internat aufgetaucht war. Jedes Mal gab Valeria mit ihrer Frau-Doktor-Gnädig-Stimme bedauernd Auskunft.

Kyra saß am Computer und schickte den Eltern E-Mails, an die sie die Sprachaufnahme ihres Kindes angehängt hatte. Damit die Mails nicht zurückverfolgt werden konnten, hatte sie bei *Hide my Ass* ein anonymes Konto angelegt. Max hatte nochmals überprüft, ob im Keller auch tatsächlich kein WLAN-Empfang möglich war. Pierre war als Einziger im Gärtnerhaus geblieben und beobachtete weiter die Insel.

»Hast du da unten was von der Gnädig und den anderen gehört, Max?«, fragte Valeria.

»Nichts, keinen Muckser. Die haben kapiert, dass sie keiner hört.«

»Sollten wir vielleicht mal nach ihnen schauen?« Valeria sah von Maximilian zu Kyra.

»Wozu?« Kyra blickte kurz vom Computer hoch. »Die haben genug zum Essen und Trinken im Vorratsraum.«

»Klar«, meinte Valeria. »Aber es ist irgendwie merkwürdig, überhaupt nicht zu wissen, wie es ihnen da unten geht. Ich meine, die Kinder können wir beobachten, aber die Erwachsenen nicht.« Sie trommelte mit den Fingernägeln auf der Armlehne des Sessels der Direktorin.

»Die können da nicht ausbrechen. *No chance*«, meinte Max, der auf einer Ecke des Schreibtisches saß. Er musterte Valeria prüfend. »Oder hast du etwa Mitleid mit der Gnädig?«

Valeria zuckte die Schultern. »Nein …«

Kyra pustete sich die Haarsträhne aus der Stirn. »Hast du vergessen, Valli, wie sie dich und Max kurz vorm Abi rausgeschmissen hat, ohne mit der Wimper zu zucken? Nur weil sie euch erwischt hat, als ihr euch in den Schulcomputer gehackt habt.« Sie äffte die Stimme der Direktorin nach, was sie allerdings längst nicht so perfekt wie Valeria hinbekam. »Knallharte Regel, meine Herrschaften. Wer betrügt, fliegt raus.«

»Klar«, sagte Valeria wieder. »Sie dachte, wir wollten an die Abi-Aufgaben ran. Dabei haben wir nur ein bisschen rumprobiert, nur so aus Spaß.«

»Meinst du, das hätte sie auch gemacht, wenn ihr zu den reichen Schnöseln gehört hättet, deren Eltern ordentlich Schuldgeld abdrücken? Die können sich doch hier alles erlauben, ohne von der Schule zu fliegen.« Kyra machte ein verächtliches Gesicht. »Dumm wie

Brot sind einige, aber ihr Abi machen sie natürlich trotzdem mit mindestens einer Zwei vor dem Komma. Dafür sorgt die Gnädig schon, solange Mami und Papi ordentlich zahlen.«

Jetzt mischte sich Max ein. »Wir schaffen nur ein bisschen ausgleichende Gerechtigkeit, Valli.«

»Ein bisschen ist gut.« Kyra lachte. »Was meinst du, ab wann die ersten Zahlungen auf unserem Konto eintreffen werden?«, wandte sie sich an Valeria, die für die Buchhaltung zuständig war.

Ihr Ablenkungsmanöver war erfolgreich. »Ich kann gleich mal nachsehen, ob schon jemand gezahlt hat«, antwortete Valeria. »Aber ich schätze, so schnell können auch die Superreichen nicht mal eben eine Million überweisen, schon gar nicht am Wochenende.«

»Die Frist läuft morgen Abend ab«, sagte Kyra. »Ab dann werden wir wohl etwas mehr Druck machen müssen.« Sie überließ Valeria ihren Platz am Computer.

Kyra und Max warteten ungeduldig, bis Valeria das Passwort für das Konto eingegeben hatte. Zu dritt starrten sie auf den Bildschirm, wo jetzt die Kontoübersicht auftauchte. Nichts. Noch nichts. Aber das würde sich ändern.

Während sich Max wieder auf den Weg zu Pierre machte, um ihn bei der Wache abzulösen, blieb Valeria in Gnädigs Büro – als Stellvertreterin der Direktorin musste sie sich wohl oder übel auf eine lange Nacht gefasst machen.

Kyra jedoch trieb die Neugier an: Zum ersten Mal seit ihrem Auszug aus dem Internat konnte sie wieder durch die verhassten Räume streifen, in denen sie einen Teil ihrer Kindheit und Jugend verbracht hatte. Im Flur blieb sie vor der Bildergalerie stehen, die die Gnädig zu Ehren der jeweiligen Jahrgangsbesten aufgehängt hatte. Ihr eigenes Gesicht sah ihr mit spöttischem Lächeln entgegen. Die Beste ihres Jahrgangs … die Intelligenteste … und die, die von den meisten für eine Spinnerin gehalten worden war. Arrogante Dummköpfe waren das gewesen. Langweiler, die schon als Babys mit einem goldenen Löffel gefüttert worden waren und deren Karriere im eigenen Familienunternehmen bereits festgestanden hatte. Wie herablassend diese Obernullen sie oft behandelt hatten … Aber die arroganten Bemerkungen waren an ihr abgeglitten wie Wasser. Sie war sich immer bewusst gewesen, für etwas Großes bestimmt zu sein, für etwas, das sie mit der Macht ihrer Intelligenz selbst bestimmte. Und dieses Große, das passierte jetzt!

Alle in Carlos Gruppe waren in den Ausbruchsplan eingeweiht und jetzt warteten sie darauf, dass sich der Himmel bewölkte. Im Schein des Lagerfeuers wirkten die Gesichter angespannt und müde. Fast niemand redete, nur ein Junge aus der Delta, der seine Gitarre mit auf die Insel genommen hatte, klimperte vor sich hin.

Aber Carlo bekam kaum mit, was er spielte. Er schwitzte vor Aufregung, obwohl der Abend nicht mehr warm war.

Sie brauchten nicht lange zu warten. Von Norden her zogen immer mehr dunkle Wolken auf, sodass der Mond bald kaum mehr zu sehen war. Er leuchtete die Ränder der Wolken von hinten aus und ließ sie in einem unheimlichen, gelblichen Grau schimmern. Hin und her wanderten die Blicke. Immer wieder landeten sie bei Marie, die schließlich kaum merklich Jenny zunickte. »Jetzt«, sagte sie leise.

»Ja, jetzt«, flüsterte Jenny. Dann gab sie Agneta einen Schubs gegen die Schulter. »Lass mich doch!«, rief sie mit gequälter Stimme. »Ich kann einfach nicht mehr.« Sie stand auf und stapfte zum Strand gegenüber der Villa. Auf halber Strecke drehte sie sich um und schrie los. »Ich kann nicht mehr! Ich will nach Hause, ich will jetzt nach Hauseeeeeee!« Sie brüllte und weinte, sie ließ sich in den Sand fallen, rappelte sich wieder auf, schrie noch eine Spur lauter und hysterischer und rannte dann in den See.

»Jenny, komm zurück«, brüllte Marie. »Beruhige dich doch! Du wirst ertrinken!« Sie sprang ebenfalls auf, gefolgt von Irina und Agneta und fast allen anderen. Auch an dem Feuer, das Toms Leute in der Nähe des Schuppens entzündet hatten, blieb kaum jemand sitzen.

Carlo und Hamid zögerten keine Sekunde. Während alle von den Feuern wegströmten, drückten sie sich hinter dem Jungen mit der Gitarre und Konstantins breitem Rücken in den Schatten.

»Los!« Carlo stieß Hamid an. »Sie kucken alle in die andere Richtung!« Geduckt huschten sie zum nahen Ufer und ließen sich ins Wasser gleiten.

Auf der anderen Seite der Insel waren die Ersten

offenbar bei Jenny angekommen. Man hörte sie rufen und bitten, das Wasser platschte, Jenny schrie. Sie schien mit aller Kraft zu kämpfen und um sich zu schlagen. Aber Carlo und Hamid hatten keine Zeit, sich darum zu kümmern, was dort vor sich ging. Sie pumpten ihre Lungen voller Luft und dann tauchten sie Seite an Seite ins Wasser.

Wie unendlich schwarz es war. Carlo riss die Augen auf, um sich zu orientieren. Doch da war absolut nichts zu erkennen. Er konnte Hamid neben sich spüren, aber sonst nahm er nur die Kälte des Wassers wahr. Wie verabredet peilten sie einen der dicken Holzbalken an, die seit der Explosion der Brücke im See dümpelten. Auf halber Strecke musste er auftauchen, um nach Luft zu schnappen. Wo war Hamid? Da, hinter dem Balken streckte er den Kopf aus dem Wasser.

Carlo ließ sich wieder sinken und tauchte die letzten Meter auf ihn zu.

Inzwischen war der Mond vollständig von Wolken bedeckt und der See um sie herum tiefschwarz. Jennys Geschrei und die aufgeregten Rufe der anderen schallten über das Wasser. So laut, dass Carlos heftiger Atem sicher nicht zu hören war. Erschöpft klammerte er sich neben Hamid an den Balken.

»Mann, diese Jenny«, flüsterte Hamid. »Das macht sie großartig, was?«

Carlo nickte. »Ich hoffe, es hat geklappt«, raunte er. »Lass uns lieber so schnell wie möglich hier wegkommen.«

Sie hatten sich für ein waldiges Uferstück südlich des Gärtnerhauses entschieden. Und so tauchten sie nun von Holzbalken zu Holzbalken, bis sie nur noch eine freie Strecke von etwa fünfzig Metern zu bewältigen hatten. Der Blick zum Himmel zeigte ihnen, dass sie sich beeilen mussten. Die Wolken dünnten aus und ließen immer wieder für ein paar Sekunden das Mondlicht hindurch.

Plötzlich erschrak Carlo. War da nicht eine Strömung zu spüren? Mit jedem Meter wurde sie stärker.

»Oh nein! Sag bloß, wir müssen wieder umkehren …« Carlo stemmte sich gegen den Druck des Wassers, um nicht zurückgetrieben zu werden.

Hamid, der neben ihm schwamm, machte eine entschlossene Miene. »Wir schwimmen parallel zum Ufer weiter und prüfen, ob es überall gleich stark ist.«

Die Idee war genau richtig. Nach einer Weile ließ der Druck, der unter Wasser gegen ihre Seite presste, merklich nach. Sie schafften es, sich immer weiter zum Ufer hin zu bewegen. Carlo schnaufte, obwohl er sich Mühe gab, so leise wie möglich zu sein. Sein Herz klopfte vor Aufregung und Anstrengung. Aber ihr

Plan schien aufzugehen und das gab ihm ungewohnte Kraft.

Seite an Seite schwammen sie durch Seerosengewächse und zwischen herabhängenden Weidenzweigen hindurch ans Ufer. Sie waren sich so gut wie sicher, dass man sie von dem Haus auf dem Hügel nicht sehen konnte, auch mit einem Fernglas nicht. Trotzdem prickelte es Carlo zwischen den Schulterblättern, als sie an Land schlichen. Wenn ihm jetzt ein Pfeil von hinten in den Rücken … Er zwang sich, den Gedanken beiseitezuschieben.

Ohne viele Worte zu verlieren, schlugen sie den Weg durch den Wald in Richtung des Hügels ein. Die Nacht war kühl und sie zitterten in ihren nassen Hosen und T-Shirts. Bei jedem Schritt sapschten ihre Turnschuhe, die sie sich beim Schwimmen in die Taschen ihrer Baggypants geschoben hatten.

Erst jetzt begriff Carlo so richtig, was los war: Sie waren frei, sie waren den Kidnappern entkommen! Aber was sollten sie jetzt eigentlich machen? All ihre Gedanken hatten sich nur darum gedreht, unbemerkt von der Insel zu fliehen.

Er blieb stehen. »Warte mal, Hamid. Wohin gehen wir denn überhaupt? Zu diesem Gärtnerhaus?«

Hamid schüttelte sich das Wasser aus den Locken.

»Wir müssen die Polizei benachrichtigen, denke ich. Fragt sich allerdings, wie … Wir haben kein Handy und hier wohnt doch niemand, den wir um Hilfe bitten könnten. Und außerdem …« Er stockte und seine Augen glänzten.

»Außerdem?« Auf einmal wusste Carlo, was Hamid dachte. Außerdem wäre es einfach obercool, wenn sie selbst die Kidnapper überlisten könnten. Ja, das wäre es … das wäre wirklich was Geniales. Etwas, wobei einem auch der tollste Doktortitel oder ein Nobelpreis nichts nützte. »Und außerdem wär das vielleicht genau das Falsche. Wer weiß, was die Kidnapper machen werden, wenn die Polizei eingreift«, führte er den Satz zu Ende. »Hamid, wir versuchen das alleine!«

Im Dunkel des Waldes konnte er Hamids Gesicht kaum erkennen, aber trotzdem sprang der Funke zwischen ihnen über. Mann, was für ein Abenteuer! Mit niemand anderem als mit Hamid würde er sich auf so eine Sache einlassen. Nur ein paar Sekunden zögerten sie noch, dann liefen sie los, weiter durch den Wald in Richtung Gärtnerhaus, immer auf der Hut, auf dem unebenen Weg nicht zu stolpern oder einen kratzigen Zweig ins Gesicht zu bekommen.

Als sie an eine mit Moos bewachsene Mauer kamen, blieb Hamid stehen. »Von hier aus kann es nicht mehr weit sein«, flüsterte er.

Jetzt galt also äußerste Vorsicht. Sie kletterten über die Mauer, hinter der das Gelände anstieg, und gingen weiter. Und dann sahen sie das Haus auf dem Hügel, versteckt zwischen Büschen und Bäumen. Mit seinen grauen Steinwänden und dem grünen Holzdach war es kaum zu erkennen. Es sah dunkel und verlassen aus. Trotzdem schlichen sie mit angespannter Wachsamkeit näher.

Hamid drehte sich um. »Schau mal … sie haben immer noch zwei Lagerfeuer auf der Insel.«

Carlo folgte seinem Blick. Tatsächlich, durch die Bäume hindurch konnte man den See und die Insel sehen. »Ob die inzwischen bemerkt haben, dass wir abgehauen sind?«, fragte er leise. »Was da jetzt wohl los ist? Tom wird sicher toben.« Er versuchte, das ungute Gefühl zu verdrängen, das ihn bei dem Gedanken an die Insel beschlich. Sie brauchten all ihre Aufmerksamkeit, wenn sie es bis zum Gärtnerhaus schaffen wollten.

Sie huschten von Busch zu Busch. Der Mond war nun immer wieder von Wolken bedeckt, sodass es manchmal minutenlang stockfinster war. In der Dunkelheit schienen das Knacken der Zweige unter ihren Füßen und das Geräusch ihrer nassen Schuhe besonders laut zu sein. Während sie das Haus mit allen Sinnen belauerten, kamen sie die letzten fünfzig Meter nur im Schneckentempo voran. Immer noch war nicht viel zu erkennen. Trotzdem hatte Carlo das Gefühl, die Nähe fremder Menschen und die Gefahr, die von ihnen ausging, geradezu riechen zu können.

Schien da nicht doch etwas Licht? Die Fenster waren offenbar von innen verhängt, aber im ersten Stock drang ein feiner Lichtstreifen nach draußen.

»Da ist jemand!«, raunte ihm Hamid ins Ohr. »Ich schleiche zur Haustür. Bleib du hier. Wenn irgendwas verdächtig ist, pfeifst du!«

Noch ehe Carlo antworten konnte, flitzte Hamid auch schon in gebückter Haltung davon. In dem T-Shirt, das ihm am mageren Körper klebte, und den halblangen Hosen, aus denen seine dünnen Beine ragten, sah er fast wie ein kleines Kind aus – und ganz bestimmt nicht wie jemand, der es mit Kidnappern aufnehmen sollte. Wenn jetzt einer aus dem Haus kam, war er geliefert.

Hamid schaffte es offenbar unbeobachtet bis zur Tür. Er versuchte sie aufzudrücken. Vergeblich. Carlo sah, wie er kurz zögerte, dann von einem Fenster zum anderen schlich und schließlich das Haus umrundete. Als er nach einer schier endlos langen Zeit wieder an der Tür auftauchte, gab er Carlo ein Zeichen, zu ihm zu kommen, und der huschte los.

»Ich glaube, im Erdgeschoss ist niemand«, flüsterte

Hamid ihm zu, als Carlo sich neben ihm an die Hauswand drückte. »Wir müssen irgendwie ins Haus kommen. Vielleicht …«

»Psst.« Carlo presste ihm die Hand auf den Mund. Da bewegte sich etwas! Aus dem Dunkel des Waldes heraus kam ein Mann auf das Gärtnerhaus zu. Noch schien er sie nicht gesehen zu haben, aber mit jeder Sekunde wuchs die Gefahr, dass er sie entdeckte. Sie mussten sich verstecken, und zwar sofort! Carlos Blick sprang hin und her. Dann packte er Hamid und zerrte ihn hinter den großen Terrakottatopf, der neben der Haustür stand. Zwischen vertrockneten Palmenblättern hindurch beobachteten sie den Mann.

Es war ein dunkelhäutiger Typ in Jeans und T-Shirt, sein Gesicht lag unter einer Baseballkappe im Schatten. Mit federnden Schritten und einem Pfeifen auf den Lippen legte er die letzten Meter zurück, schloss auf und betrat das Haus. Die Tür fiel hinter ihm ins Schloss und man konnte ihn die Treppe hinaufpoltern hören.

Wow! Das war also einer der Entführer … der schien ja bester Laune zu sein.

Hamid stieß Carlo mit dem Ellenbogen an. »Kann es sein, dass er nicht abgeschlossen hat?« Schon schob er sich an der Wand entlang zur Tür.

Dreißig Sekunden später standen sie im schwach erleuchteten Flur des alten Gärtnerhauses. Carlos Kehle war so trocken wie Papier und er verspürte plötzlich das dringende Bedürfnis zu pinkeln. Oh Mann … Es gab nur eins: die Flucht nach vorn. Wenn er hier noch eine Minute untätig herumlungerte, würde er sterben vor Anspannung. Und so zog er sich die Turnschuhe aus und drückte sie Hamid wortlos in die Hand. Mit dem Kinn machte er eine Bewegung Richtung Treppe und bedeutete ihm, hier auf ihn zu warten.

Leise setzte er einen Fuß vor den anderen. Seine nassen Socken hinterließen Abdrücke auf den Dielen, aber keine Geräusche. Doch als er die Stufen der Holztreppe betrat, gab es ein verräterisches Knarren. Erschrocken hielt er inne. War das Geräusch im ersten Stock zu hören? Sollte er seinen Versuch lieber abbrechen? Er drehte sich zu Hamid um und sah ihn fragend an. Hamid zuckte ratlos die Schultern.

Angestrengt lauschte Carlo nach oben. Dann entschloss er sich, langsam weiterzugehen. Schritt für Schritt tastete er sich die Treppe hinauf. Er hielt auch nicht mehr an, als wieder eine der ausgetretenen Stufen knarrte.

Von dem schmalen Flur am Ende der Treppe gingen drei Türen ab. Unter einer fiel ein Lichtstreifen auf den Flur. Hinter dieser Tür musste der Typ sein! Als sich der wilde Schlag seines Herzens beruhigte, konnte er Stimmen hören, zwei Männerstimmen. Worüber sie sprachen, verstand er jedoch nicht.

Plötzlich kam von unten ein Geräusch. Die Haustür wurde geöffnet, jemand betrat das Haus! Verdammt, was war mit Hamid? Durch Carlos Kopf rasten die Gedanken. Wo sollte er jetzt hin?

Er drückte den Griff einer der Zimmertüren herunter, sie war verschlossen. Die nächste! Nein, dafür war es zu spät. Da, in der Ecke, die Garderobe ... Er schlüpfte hinter einen langen Regenmantel, hielt den Atem an und kniff die Augen zu. Jemand kam die Treppe hoch, die Stufen knarrten ... Er zwang sich, die Augen zu öffnen. Das Licht auf dem Flur war ja an! Konnte man ihn sehen? Seine Beine schauten doch unter dem Mantel hervor, oder nicht? Wie versteinert stand er an die Rückwand der Garderobe gepresst. Das Rauschen in seinem Kopf war so laut, dass er fast nichts mehr hören konnte. Mit weit aufgerissenen Augen starrte er durch den Spalt zwischen Wand und Regenmantel. Eine Frau stand keinen Meter von ihm entfernt auf dem Flur und hielt den Modellhubschrauber in den Händen. Sie hatte genau so eine Baseballkappe auf wie der Typ eben. Als sie ihre Kappe abnahm, konnte er sie deutlich erkennen. Hey, die kam ihm bekannt vor! Die hellblonden Haare, das schmale Gesicht ... Irgendwo hatte er sie schon mal gesehen.

Die Tür wurde geöffnet und ein zweiter Mann begrüßte die Frau mit einem Grinsen. Puh, was für Muskeln der hatte! Er füllte mit seinen breiten Schultern fast den ganzen Türrahmen aus.

»Nimm mir den mal ab«, sagte die Frau, während sie ihm den Hubschrauber gab. »Alles ruhig auf der Insel?«

»Jetzt ja«, antwortete der Mann. »Vorhin ist eine Kleine ausgeflippt. Aber die hat sich wieder beruhigt.«

Die Frau löschte das Flurlicht und betrat das Zimmer. Carlo wartete noch ein paar Minuten, bis sich sein Puls wieder beruhigt hatte. Vorsichtig machte er sich daran, die Treppe hinunterzugehen. Bloß raus, bevor ihn noch jemand erwischte. Er hatte genug erfahren. Ihm war klar, dass es sinnlos war, noch länger im Haus zu bleiben. Gegen den Muskeltypen waren sie chancenlos. So, wie der aussah, hatte er vielleicht sogar ein Messer im Gürtel stecken.

Noch während Carlo erleichtert in die Büsche pinkelte, erzählte er Hamid, was er gehört und gesehen hatte. Dass die ihre Flucht bisher noch nicht bemerkt hatten, war natürlich die größte Neuigkeit. Jetzt sah die Sache für sie gar nicht so übel aus! Sie beschlossen, zur Villa zu gehen, wo ja vermutlich die Gnädig, Lachnitz und Mister O'Neill im Keller gefangen waren.

Wenn sie die befreien könnten … Irgendwo würde sicher Grundeis lauern. Aber mit dem trauten sie es sich schon eher aufzunehmen als mit den drei Kidnappern im Gärtnerhaus.

Jenseits der Straße, die vom Haus überblickt werden konnte, suchten sie sich einen Weg zur Villa. Es ging bergab, der Wald war nicht mehr so dicht und sie kamen zügig voran. Das Internat war schon von Weitem zu sehen, seine weißen Mauern leuchteten im Mondschein, so wie in der Nacht bei Carlos Ankunft. Die Villa sah verlassen aus. Die Fensterläden im Erdgeschoss waren geschlossen, es war kein Licht zu erkennen. Wo mochte Grundeis sein? Oder war er vielleicht doch bei den anderen dreien im Gärtnerhaus gewesen?

Sie hatten beide den gleichen Gedanken. Nur einen kurzen Blick tauschten sie und dann hielten sie auf die Seite der Villa zu, wo ihr Zimmer lag. Carlo schaute nach oben. Seine Erinnerung täuschte ihn nicht: Sie hatten ihr Fenster nicht zugemacht, bevor sie auf die Pfaueninsel gegangen waren – obwohl das Schließen der Fenster eine der eisernen Hausregeln war.

»Man könnte hochklettern«, schlug er leise vor. »Das Gitter müsste eigentlich halten, oder?«

»Lass mich das machen, ich bin leichter als du«, antwortete Hamid.

Sie musterten das Metallgeflecht, an dem sich eine Klematis fast bis unters Fenster rankte. Ja, so dünn und leicht, wie Hamid war, könnte es klappen.

»Wenn ich drin bin, peile ich die Lage. Du versteckst dich bei der Haustür, vielleicht kann ich dir unbemerkt aufmachen.« Hamid holte tief Luft, als wollte er tauchen. Dann machte er sich daran, inmitten der weißrosa Blüten das Gitter hochzuklettern. Er kam so schnell voran, dass Carlo kaum Zeit hatte, Angst um ihn zu haben.

Jetzt war er schon oben, stemmte sich vom Gitter auf die Fensterbank und drückte mit dem Kopf das Fenster auf, das nur angelehnt war.

Als Carlo sah, dass Hamid sicher ins Zimmer gelangt war, eilte er zur Eingangstür. Er wartete, den Rücken an die Mauer gepresst, die noch ein bisschen die Wärme des Sommertags gespeichert hatte. Die Zeit schien überhaupt nicht zu vergehen, und er fing an, in den feuchten Klamotten zu frieren. Wo blieb Hamid denn nur? Hoffentlich war er nicht erwischt worden!

Nach einer Ewigkeit ging endlich die Tür auf und Hamid winkte ihm zu. Lautlos schlüpfte Carlo ins Haus.

Hamid hielt ihm den Mund dicht ans Ohr. »Grundeis ist nirgends zu sehen«, raunte er, »seine Wohnung ist leer. Aber im Büro der Gnädig ist Licht an. Vielleicht ist er dort.«

Carlo zupfte eine rosa Blüte aus Hamids schwarzen Locken. »Und was ist mit dem Vorratskeller?«

»Der Keller ist abgeschlossen. Stahltür, Sicherheitsschloss, das kriegen wir nicht auf. Ich hab schon an dem Schlüsselbrett in Grundeis' Wohnung nachgeschaut. Da hängt kein Schlüssel, der passen könnte.«

»Also Gnädigs Büro?«

Hamid nickte. Sie zogen die Schuhe aus und gingen vorsichtig den Flur entlang bis zum Büro der Schulleiterin. Sie waren noch nicht ganz an der Tür, da hörten sie auch schon die Stimme der Direktorin. Sie war da! Mit klopfendem Herzen blieben sie stehen und lauschten.

»Es tut mir so unendlich leid, Herr Karfreitag. Ich weiß, was Sie und Ihre Familie gerade durchmachen.« Die Worte der Gnädig klangen gedämpft, aber trotzdem deutlich durch die Tür. Sie sprach mit Carlos Vater! Spontan griff er zur Klinke, um die Tür aufzumachen. Doch Hamid riss ihn zurück. Er schüttelte heftig den Kopf und legte den Finger an die Lippen. Carlo schaute ihn fragend an, doch da redete die Direktorin auch schon weiter.

»Beim besten Willen, ich kann Ihnen nichts Neues sagen.« … »Sein Zimmergenosse? Ich habe vorhin noch mit ihm gesprochen, der weiß leider auch nichts.« … »Nein, ich habe ihm nichts von der Entführung erzählt.« … »Selbstverständlich, da haben Sie recht. Es ist absolut richtig, sich auf alle Bedingungen der Kidnapper einzulassen. Keine Polizei, auf gar keinen Fall! Mein Gott, der arme Junge …« Die Stimme der Schulleiterin kiekste vor Mitleid. »Natürlich melde ich mich, falls ich was hören sollte. Alles erdenklich Gute für Sie und Ihre Familie, Herr Karfreitag.«

Immer noch starrte Carlo Hamid an, als könnte dieser ihm erklären, was sie da eben gesagt hatte. Wieso hatte sie mit Hamid gesprochen? Wie konnte das angehen? Verheimlichte er ihm irgendetwas? Plötzlich stolperte sein Herz einen Schlag schneller. Ein ganz fürchterlicher Gedanke schoss ihm durch den Kopf. War Hamid etwa der Spion? Machte er gemeinsame Sache mit der Gnädig? Entsetzt wich er einen Schritt zurück. Alles Blut war ihm aus dem Gesicht gewichen.

»Hamid …«, flüsterte er. »Was ist da los? Wann hast du mit der Gnädig gesprochen?«

Doch Hamid schluckte nur trocken. Kein Wort brachte er über die Lippen. Seine glänzenden Augen waren plötzlich stumpf und schwarz geworden.

Ein Satz tauchte in Carlos verwirrtem Kopf auf. Ein

beschissener Satz aus dem Lateinunterricht. *Qui tacet, consentire videtur* – wer schweigt, der scheint zuzustimmen.

Er hielt das Schweigen nicht länger aus. »Hamid«, raunte er, »du bist der Verräter, nicht wahr?«

Gequält schaute Hamid ihn an. »Wie kannst du das glauben?« Seine Worte waren kaum zu verstehen. Dann drehte er sich um und ging den Flur hinunter, die mageren Schultern hochgezogen.

Carlo sah ihm hinterher, wie er um die Ecke bog und verschwand.

Die Firma 9

Valeria beendete das Gespräch, das sie mit dem Telefon der Direktorin geführt hatte, und lehnte sich erschöpft in deren Schreibtischstuhl zurück. Sie rieb sich das Gesicht mit den Handflächen. Wie anstrengend diese Gespräche waren! Sie hatte nicht damit gerechnet, dass es so an ihren Nerven zerren würde, mit den Eltern der Kinder zu sprechen. Kyra hatte ihr wirklich den schwersten Part zugeschoben. »Stell dir einfach vor, wie skrupellos diese Leute sind. Die haben so viel Geld und scheren sich einen Dreck darum, wie es anderen Menschen geht«, hatte sie gesagt. Kyra hatte gut reden … *Sie* musste ja nicht mit der Verzweiflung und der Angst der Eltern umgehen. Aber natürlich hatte sie recht. Die Firma holte sich ja nur Geld von Leuten, die eh zu viel davon hatten. Und wenn alles gut lief, dann konnten die Kinder ja vielleicht schon am nächsten Abend von der Insel runter. Dann hatten die mal ein Abenteuer erlebt, von dem sie ihren Enkeln noch erzählen konnten.

Sie wandte sich dem Computer zu, um nachzusehen, ob mittlerweile Geld eingetroffen war. Die Seite mit der Kontoübersicht war noch geöffnet. Nichts … leider. Wahrscheinlich mussten sie auf den nächsten Morgen warten, bis die erste Million eintrudelte.

Valeria nahm sich eine Dose Energydrink. Aber es half nichts. Sie war todmüde. Die letzte Nacht hatte sie vor Aufregung kein Auge zubekommen. Sie musste sich einfach für ein paar Minuten hinlegen, sonst hielt sie das alles nicht durch.

Aus dem Büro der Direktorin drang kein Laut mehr durch die Tür. Mit schwerem Herzen lehnte Carlo an der Wand, knabberte seinen Daumen blutig und versuchte, einen klaren Gedanken zu fassen. Er musste hier weg, Hamid hinterher. Aber er schaffte es nicht, sich zu bewegen.

So vieles schwirrte ihm durch den Kopf. So vieles, das nicht zusammenpasste. Egal wie sehr ihm Hamid auch anfangs auf die Nerven gegangen war – er hatte doch immer aufrichtig und ehrlich gewirkt. Was hatte er ihm bei ihren abendlichen Gesprächen nicht alles erzählt … von seiner Großmutter, die er ganz besonders vermisste, von seinem kleinen Bruder mit dem Down-Syndrom, von seiner Mutter, die ihn allein großzog und die alles daran gesetzt hatte, dass er eine gute Schulausbildung bekam. »Sie ist total stolz auf mich, weil ich der Erste in der Familie sein werde, der bestimmt mal richtig gut verdienen wird«, hatte er gesagt. War das die Erklärung? Brauchte seine Familie vielleicht dringend Geld? Hatte er sich deshalb auf einen Deal mit den Kidnappern eingelassen und die anderen verraten? Das konnte nicht sein. Zu so etwas war Hamid doch nie im Leben fähig. Aber hatte er nicht neulich erst angedeutet, dass bald alles besser werden würde? Oh, Mann …

Schwerfällig löste sich Carlo von der Wand. Er musste mit ihm sprechen. Er musste eine Antwort bekommen, ganz gleich, wie die lautete.

Und so machte er sich auf die Suche nach Hamid. Er ging zurück zur Eingangshalle, schaute nach draußen, lief einmal um die Villa herum, immer darauf bedacht, keine Geräusche zu machen. Wo war Hamid?

Schließlich kehrte er ins Haus zurück. Vielleicht war Hamid in ihrem Zimmer. Natürlich, warum hatte er da nicht als Erstes nachgeschaut? Er lief die Treppen hinauf unters Dach und vergaß sogar, leise aufzutreten. Doch als er das Zimmer betrat, sah er es auf einen Blick: Auch hier war Hamid nicht. Erschöpft ließ er sich auf seinem Bett nieder, neben Godzilla, stützte die Ellenbogen auf und vergrub den Kopf in den Händen. Was sollte er jetzt machen? Er konnte doch nicht einfach hier sitzen bleiben und nichts tun. Wenn er nur wüsste, wo Hamid steckte … War er vielleicht zum Gärtnerhaus zurückgelaufen, zu seinen Komplizen …?

Hilflos griff er nach Godzilla und drückte ihn an sich. So schrecklich wie jetzt hatte er sich nicht einmal gefühlt, als Tom und Xynthia ihn verdächtigt hatten. Schließlich stand er auf und ging ins Badezimmer, wo noch Hamids zerknüllte Unterhose auf dem Boden lag. Über das Waschbecken gebeugt klatschte er sich ein paar Hände voll kaltes Wasser ins Gesicht und streckte sich selbst die Zunge raus. Plötzlich merkte er, was für einen eklig galligen Geschmack er im Mund hatte, und er putzte sich die Zähne.

Doch das alles half ihm auch nicht weiter. Und so entschloss er sich, noch einmal zum Büro der Gnädig zu gehen. Vielleicht fand er irgendetwas heraus, das alles erklärte.

Mit den Schuhen in den Händen ging er zurück zur Tür der Direktorin. Wieder stand er regungslos da und versuchte zu erlauschen, was dahinter vorging. Doch abgesehen vom Klopfen seines eigenen Herzens war es totenstill. Nach fünf Minuten, in denen kein Geräusch aus dem Zimmer gedrungen war, wagte er sich vor und öffnete die Tür einen winzigen Spaltbreit. Jeder Muskel seines Körpers war angespannt, um in der nächsten Sekunde fliehen zu können.

Zuerst war nur der Schreibtisch mit dem Computer

zu sehen. Der Bildschirm verbreitete ein kaltes weißes Licht. Als er die Tür ein wenig weiter aufdrückte, konnte er das Ledersofa gegenüber dem Fenster erkennen. Eine Frau lag zusammengerollt da und schlief. Eine schlanke Frau in Jeans und T-Shirt, das Gesicht von langen schwarzen Haaren halb bedeckt. Eine Frau, die nie und nimmer Frau Doktor Gnädig sein konnte.

Mit angehaltenem Atem betrat er das Büro. Zum Glück war der Holzboden mit einem dicken Teppich bedeckt, sodass seine Schritte keine Geräusche verursachten. Lauernd sah er sich um. Wo war die Gnädig? Sein Blick fiel auf die Zimmertür, die zu den Wohnräumen der Direktorin führte. Lag sie in ihrem Bett und schlief ebenfalls? Langsam bewegte er sich am Schreibtisch vorbei auf die Tür zu, ohne die schlafende Frau aus den Augen zu lassen. In diesem Moment drehte sie sich auf die Seite und stöhnte leise. Carlo hämmerte das Herz gegen die Rippen. Sollte er abhauen? Aber dann war er genauso schlau wie vorher. Nein, er musste sich die anderen Zimmer der Gnädig anschauen.

Vorsichtig öffnete er die Tür zum angrenzenden Wohnzimmer und zog sie hinter sich zu. Er stand im Dunkeln, die Läden vor den Fenstern waren geschlossen. Das einzige Licht kam von einer digitalen Uhr und der roten Stand-by-Leuchte des Fernsehers. Er nahm die Bücherwand wahr, die Sofagarnitur und den Couchtisch, aber keinen Menschen.

Er hatte sich noch keinen Zentimeter weiter bewegt, als das Telefon im Büro klingelte. Erschrocken zuckte er zusammen. Mann, jetzt war die Frau bestimmt wach ... Puh! Nur ein paar Sekunden eher und sie hätte ihn erwischt. Voller Anspannung stand er da und lauschte in Richtung Büro.

Die Stimme einer Frau war zu hören, aber es war nicht die der Schwarzhaarigen. Es war wieder die Stimme der Gnädig! Voller Mitgefühl sprach sie ins Telefon. »Nein, Frau Müller, nichts Neues, leider ... nein, keine Angst, ich werde die Polizei nicht informieren.« Das musste die Mutter von Agneta sein ... die Ärmste ... Wie gerne hätte Carlo ihr zu verstehen gegeben, dass ihre kleine Tochter wohlauf war.

Er wartete, bis die Direktorin das Telefonat beendet hatte, dann ging er mit weichen Knien in das angrenzende Schlafzimmer. Ratlos ließ er sich aufs Bett sinken. Er verstand das alles nicht. Er hätte die Gnädig sehen müssen, als er im Büro war.

Was ging hier vor? Wenn er sich doch nur mit Hamid beraten könnte ... Wenn er ihm doch nur wieder vertrauen könnte ... Durch einen Spalt im Vorhang fiel das Licht des Mondes in den Raum und er ging zum Fenster, um hinauszuschauen. Vielleicht konnte er von hier aus irgendwo da unten Hamid entdecken.

Im selben Moment schrak er zurück, als hätte er ein Gespenst gesehen. Mein Gott! Direkt vor der Fensterscheibe war Hamids Gesicht aufgetaucht. Seine großen, weit aufgerissenen Augen schauten ihn an, er bewegte die Lippen. Was machte er denn da? Carlo schob den Vorhang weiter auf, und jetzt konnte er erkennen, dass Hamid in dem Klettergerüst der Klematis hing. Carlo entriegelte das Fenster und half ihm, über die Fensterbank ins Zimmer zu steigen.

»Das wurde aber auch Zeit.« Hamid ließ sich auf den Teppich sinken, den Rücken an die Heizung gelehnt. »Viel länger hätte das Scheißgerüst nicht gehalten. Es hat so grässlich geknackt«, flüsterte er.

»Was machst du denn hier?«

»Dasselbe wie du, denke ich. Ich will rauskriegen, was hier los ist.«

Carlos Herz beruhigte sich langsam wieder. »Aber ...«, fing er an.

Doch Hamid ließ ihm keine Zeit für all die Fragen, die ihm auf der Seele brannten. Er sprach hastig weiter. »Carlo! Ich hab noch mal nachgedacht«, sagte er leise und eindringlich. »Die Gnädig hat sich doch irgendwie merkwürdig angehört, oder nicht? Ihre Stimme klang anders als sonst.«

»Kein Wunder bei dem Stress … Wie würdest du denn klingen, wenn du die Kinder deiner Schule an Erpresser ausgeliefert hättest?«

»Aber da war noch etwas. Sie hat nur *Herr* Karfreitag gesagt, obwohl dein Vater doch einen Doktortitel hat. Und normalerweise redet sie immer alle mit Titel an: Herr *Doktor* Karfreitag … Auf so was legt sie großen Wert.«

»Die ist natürlich voll aufgeregt. Ständig ruft jemand an wegen seinem Kind.«

»Nein!« Hamid packte ihn beim Arm. »Sie wird gezwungen, mit den Eltern zu reden. Sie gehört gar nicht zu den Verbrechern! Und deshalb verstellt sie ihre Stimme und ihre Art zu reden. Sie hofft, dass jemand dadurch merkt, dass sie das alles nicht freiwillig macht. Ich hab mal einen Krimi gesehen, da hat eine Frau auch solche versteckten Signale gegeben.«

»Aber warum hat sie dich erwähnt, Hamid?«

»Das ist doch klar. Die Entführer wollten, dass sie das sagt. Die Eltern sollen denken, dass nur sie selbst betroffen sind. Wenn die wüssten, dass alle Kinder der Villa entführt wurden, würden sie sich vielleicht zusammentun.«

Carlo zuckte ratlos mit den Schultern. Konnte das stimmen? Hatte die Gnädig so getan, als hätte sie mit Hamid gesprochen, weil sie dazu gezwungen worden war? Oder versuchte Hamid da, ihm etwas einzureden, um den Verdacht von sich abzulenken? Und wo war die Gnädig eben gewesen? Hatte die fremde Frau auf dem Sofa sie vielleicht in den Büroschrank gesperrt? Das war doch alles absurd. Er spürte auf einmal eine tiefe Kraftlosigkeit. Am liebsten hätte er sich auf das Bett gelegt und sich unter die Decke verkrochen, bis dieser ganze Spuk vorbei war. Für einen Moment schloss er die Augen.

Er merkte, wie Hamid ihm die Hand aufs Knie legte. »Carlo«, hörte er ihn sagen, »jetzt glaub mir doch.«

»Ich weiß überhaupt nicht mehr, was ich noch glauben soll«, murmelte er.

Jetzt boxte ihm Hamid mit der Faust aufs Knie. »Hey, nun hör doch endlich auf mit dem Scheiß! Ich hab genauso wenig mit der Sache zu tun wie die Gnädig.«

Carlo sah ihn an, wie er da schmal und mit feuchten Klamotten auf dem Boden hockte, in den Haaren wieder ein paar Blätter, und er nickte unwillkürlich. Er vertraute ihm, er konnte gar nicht anders, er hatte Hamid doch gerne. Sie standen diese ganze Kiste entweder zusammen durch oder gar nicht. Ein Satz kam ihm in den Sinn, den Yoda zu Luke gesagt hatte. »Du suchst jemanden, gefunden hast du jemanden.« Und plötzlich fühlte er sich wie befreit.

Er räusperte sich. »Hör mal, Hamid«, sagte er, »die Gnädig …« Dann erzählte er ihm von der fremden Frau auf dem Sofa und von dem Telefonat, das er gerade eben hinter der Bürotür mitbekommen hatte. Und noch während er sprach, löste sich auf einmal das Rätsel. Er wusste plötzlich die Antwort auf seine eigenen Fragen. Es war gar nicht die Gnädig, die telefoniert hatte. Es war diese Frau. Sie musste die Direktorin nachgeahmt haben. Deshalb hatte ihre Stimme irgendwie anders geklungen als sonst. Wahrscheinlich war die Gnädig genau wie Mister O'Neill und Lachnicht immer noch im Keller, wo Grundeis sie hingelockt hatte.

»Aber dann ist es ja total klar, dass sie nicht zu den Verbrechern gehört«, sagte Hamid und seine Augen leuchteten.

»Sieht ganz so aus.«

Hamid pustete die Luft aus. »Mann, da bin ich aber erleichtert. Ich hab es mir kaum vorstellen können, dass sie zu so was fähig ist.«

»Ich bin auch verdammt erleichtert.« Carlo grinste. Und damit war die Zwietracht zwischen ihnen endgültig beseitigt.

Es wurde langsam heller im Schlafzimmer der Gnädig. Hinter den Vorhängen dämmerte der neue Tag herauf. Der Tag, an dem sie gemeinsam den Kidnappern das Handwerk legen würden …

Die Firma 10

Im Gärtnerhaus hatten sich auch Kyra und Pierre für ein paar Stunden hingelegt, um zu schlafen. Max dagegen beobachtete weiter die Insel, hinter der die Sonne rotgolden aufging.

Er rieb sich die Augen. Irgendetwas schien da los zu sein bei den Kids. Ein paar schliefen noch zusammengerollt wie die Katzen am Strand, andere lagen irgendwo unter den Bäumen. Aber am Ufer standen sich die meisten in den beiden Gruppen gegenüber, die sich am Tag zuvor offensichtlich gebildet hatten. Natürlich konnte er ihre Gesichter auf die Entfernung nicht wirklich erkennen, aber dass die Kinder aufgeregt waren, war nicht zu übersehen. Sicher stritten sie sich mal wieder. Max grinste. Kyras Plan, Misstrauen unter ihnen zu säen, war voll aufgegangen. Alles würde genau nach Plan laufen. Alles!

Das Funksprechgerät meldete sich. Max drückte den Lautsprecher ans Ohr.

»Guten Morgen, Valli. Alles klar?« ... »Halte durch. Ist doch klar, dass die Leute sich aufregen. Hauptsache, sie zahlen!« ... »Das Geld wird kommen, garantiert.« ... »Sicher! Bis später.«

»Was ist los?« Kyra war schlaftrunken in der Tür aufgetaucht.

»Nichts«, antwortete Max. »Noch nicht. Aber heute werden wir reich, meine Liebe. Das spüre ich. Heute ist unser Tag!«

Es war Carlos Idee gewesen, in der Wohnung der Direktorin nachzuschauen, ob sie irgendwo einen Schlüssel für die Kellerräume aufbewahrte. Während Hamid begann, leise im Wohnzimmer in den Schubladen der Schrankwand zu kramen, untersuchte er die Fächer des Nachttisches. Nach ein paar Minuten ging er in das kleine Bad, das ans Schlafzimmer angrenzte. Er beugte sich übers Waschbecken, hielt den Mund unter den Wasserhahn und trank gierig. Von all der Aufregung hatte er einen brennenden Durst bekommen. Als er in den Spiegel schaute, sah ihm sein blasses Gesicht entgegen. Seine Augen glänzten, als hätte er Fieber.

»Carlo!« Plötzlich stand Hamid mit einem Schlüssel in der Hand in der Tür. »Die ist aufgewacht«, flüsterte er. »Sie ist in der Küche.«

In der Küche? Das war ja direkt nebenan. Oh Mann, hoffentlich musste sie nicht auf die Toilette … Er wurde noch ein bisschen blasser. »Jeder geht doch morgens als Erstes aufs Klo«, stammelte er.

Hamid nickte stumm, packte ihn am Handgelenk und zog ihn aus dem Badezimmer. »Schnell, unters Bett!«

Ohne ein weiteres Wort zu verlieren, krochen sie unter das niedrige Bett der Direktorin. Die Tür zum Wohnzimmer war nur angelehnt und sie konnten das gurgelnde Geräusch einer Kaffeemaschine hören. Carlo traute sich kaum zu atmen. Verdammt, war das staubig bei der Gnädig. Seine Nase juckte zum Wahnsinnigwerden. Plötzlich fiel ihm das Waschbecken ein. Wenn die Frau ins Bad ging, würde sie dort frische Wassertropfen bemerken. Und seine Schuhe standen ja auch noch neben dem Nachttisch!

Panisch kroch er unter dem Bett hervor, huschte ins Bad, wischte das Becken mit einem Handtuch trocken, lief zurück ins Schlafzimmer, schnappte sich die Schuhe und wollte wieder unter das Bett kriechen. Aber es war zu spät! Genau in diesem Moment ging die Schlafzimmertür auf. Er konnte sich nur noch hinter der Tür gegen die Wand pressen. Wenn die Frau die Tür jetzt zumachte, war er geliefert. Er stand da, als würde er auf sein Erschießungskommando warten, ein

Paar dreckige Turnschuhe an die Brust gedrückt. Sein Herz raste wie wild. Die Frau ging an ihm vorbei ins Bad, sie zog die Badezimmertür hinter sich zu – und dann hörte er, dass sie auf die Toilette ging.

In der nächsten Sekunde waren sie aus dem Schlafzimmer geflüchtet, stürzten ins Wohnzimmer und durch das Büro. Ohne sich auch nur einmal umzudrehen, rannte Carlo den Internatsflur entlang, die Treppen hinauf bis unters Dach. Er hielt erst an, als er oben in ihrem Zimmer war und die Tür hinter sich zumachen wollte. Und erst jetzt kapierte er, was er doch eigentlich längst hätte merken müssen: Hamid war nicht da! Er war ihm nicht gefolgt … Oh, nein! Was hatte denn das jetzt wieder zu bedeuten?

Verwirrt stand er da und kämpfte gegen das Misstrauen an, das wieder in ihm aufflackern wollte. Doch da hörte er ein Geräusch. Mit hastigen Schritten kam Hamid die Treppe hoch.

»Mann, das war knapp!«, stöhnte er, während er sich an Carlo vorbei ins Zimmer schob und sich rücklings auf sein Bett fallen ließ. Trotz seiner dunklen Haut sah er richtig käsig aus. »Mach bloß die Tür zu.«

»Wo warst du denn so lange?« Carlo setzte sich neben ihn.

»Was heißt hier lange? Das waren vielleicht dreißig Sekunden. Aber die haben sich gelohnt.«

»Jetzt sag schon. Wo bist du gewesen?«

Hamid richtete sich auf. »Nirgendwo. Ich hab nur im Büro der Gnädig kurz auf den Bildschirm geschaut. Ich wollte einfach wissen, was die Frau da am Computer macht.«

»Und?«

»Da war ein Konto.«

Carlo schaute ihn fragend an.

»Ein Konto, auf dem nichts drauf war, von irgendeiner Bank. Banco de sonst was … Weißt du, was? Ich denke, da soll das Geld eingezahlt werden, das sie erpressen.«

»Die Leute sollen das Lösegeld *überweisen*?«, fragte Carlo ungläubig. »Das ist aber merkwürdig. In den Krimis findet die Geldübergabe doch immer in irgendwelchen abgelegenen Ecken statt.«

»Ja, weil die Verbrecher in den Krimis dumm sind. Aber die hier nicht. Die sind verdammt clever, wie es scheint … « Hamids Blick schien nach innen zu gehen, als brütete er über einer schweren Matheaufgabe. »Warte mal«, murmelte er, »warte mal …«

Carlo schaute ihn an. Er konnte geradezu sehen, wie sich die Gedanken in Hamids Lockenkopf sortierten.

»Ich glaube, ich weiß, wer die Typen sind!« Hamid ballte triumphierend die Faust. Dann begann er an den Fingern abzuzählen: Erstens hatten die Kidnapper von dem Vor-Turnier-Wochenende gewusst. Zweitens steckten sie mit Grundeis unter einer Decke und mussten den Hausvater also gut kennen. Drittens waren sie verdammt schlau, denn die Erfindung dieser Gegenstromanlage erforderte Cleverness und technisches Geschick. Viertens konnte einer von ihnen sehr gut mit dem Bogen umgehen. Und fünftens wussten sie von dem ehemaligen Gärtnerhaus, das seit Jahren leer stand. »Es gibt nur eine Erklärung, wenn man eins und eins zusammenzählt, Carlo. Das sind ehemalige Schüler aus dem Internat. Und zwar wirklich hochbegabte.«

Carlo hatte Hamids letzten Sätzen mit wachsender Erregung zugehört. Er wusste auf einmal, warum ihm die Frau mit den hellblonden Haaren bekannt vorgekommen war. Er hatte ihr Foto auf dem Flur gesehen. X-mal am Tag war er in den letzten Wochen daran vorbeigegangen.

»Hamid«, sagte er. »Die Blonde im Gärtnerhaus … von der hängt ein Foto bei den Jahrgangsbesten im Flur! Dort, wo auch das Bild von Leonardo da Vinci hängt. Wir müssen nur hingehen und nachschauen. Da steht der Name drunter. Dann wissen wir, wer sie ist.«

Hamid klimperte mit dem Schlüssel, den er in der Eile mitgenommen hatte. Es war leider nicht der Kellerschlüssel. Auf dem Anhänger stand stattdessen

»Bibliothek« – und das war immerhin auch nicht schlecht. Er erklärte Carlo, dass in der Internatsbibliothek die Bücher aufbewahrt wurden, in denen man über jeden Jahrgang seit Bestehen der Schule nachlesen konnte. Vielleicht würden sie in einem der Bücher nicht nur die Blonde finden, sondern auch noch die anderen Typen.

Es dauerte nur wenige Minuten, dann waren sie die Treppen wieder hinunter und in die Bibliothek im Erdgeschoss geschlichen. In dem fensterlosen Raum, in dem die Regale bis zur Decke reichten, roch es muffig nach altem Leder und Papier. Nur durch Lüftungsschlitze kam ein wenig frische Luft herein. Hamid schaltete das Licht ein und wanderte die Bücherregale entlang. »Hier! Das hier sind die letzten zehn Jahrgänge«, sagte er und zog eines der Alben heraus.

Sie ließen sich auf dem Teppich nieder und überflogen die Seiten, auf denen die Abschlussklassen präsentiert wurden. Die Direktorin hatte alle Fotos höchstpersönlich und voller Stolz kommentiert. Es war ganz klar: Diese Schule, das war ihr Baby. Wie dumm von ihnen, zu glauben, dass sie ihre Schüler an Erpresser ausliefern würde. Fast so dumm, wie sich gegenseitig zu verdächtigen …

Carlo knabberte an seiner Unterlippe. Ihm war ein Gedanke gekommen. Ein ziemlich fantastischer Gedanke. »Weißt du, was?«, sagte er. »Ich glaube, es gibt überhaupt keinen Verräter auf der Insel. Wozu auch? Wenn die Erpresser hier auf der Schule waren, kennen sie sich auch ohne Spion gut aus. Die haben uns das nur gesagt, damit wir abgelenkt sind und gar nicht dazu kommen, Fluchtpläne zu schmieden.«

»Klar, du hast recht.« Hamid nickte anerkennend. *»Divide et impera!«*

»Was meinst du damit?«

»Teile und herrsche. Die Römer haben nach diesem Prinzip ihr riesiges Reich beherrscht. Sie haben Zwietracht unter den einzelnen Stämmen gesät, sodass die sich nicht gegen die Besatzer aufgelehnt haben. Ziemlich raffiniert, die Methode. Es war sowieso unlogisch, dass sie uns verraten, dass einer ein Spion ist. So was behält man doch eigentlich für sich. Wieso hat das keiner von uns gemerkt?« Hamid kräuselte die Stirn und machte ein Gesicht, als ob er an seinem eigenen Verstand zweifelte.

»Weil jeder nichts Besseres zu tun hatte, als sich ein paar schwarze Schafe rauszupicken. Vor allem dieser bescheuerte Tom.« Carlo seufzte. Ja, der Plan der Kidnapper wäre wirklich beinahe aufgegangen. Erst hatten sie sich auf der Insel gestritten, und vorhin wäre um ein Haar seine Freundschaft zu Hamid in die Brüche gegangen. Und dann säßen sie jetzt nicht hier.

Sie beugten sich wieder über die Bücher und blätterten weiter. Es dauerte nicht lange, bis sie tatsächlich auf der Seite mit den Jahrgangsbesten fündig wurden. Die blonde Frau! Ein wenig finster, aber ziemlich selbstbewusst schaute sie dem Betrachter entgegen. Sie trug die gleiche Frisur, die sie jetzt noch hatte.

»Kyra Kaufmann«, murmelte Carlo. »Sie hat vor sechs Jahren Abi gemacht.«

»Mit einem Schnitt von eins Komma null. Als Siebzehnjährige ...« In Hamids Stimme schwang so etwas wie Ehrfurcht mit.

Carlo schüttelte ungläubig den Kopf. »Wieso muss so jemand andere Leute erpressen? Die kann doch jeden Job der Welt kriegen.«

»Ich hab mal gehört, dass hochintelligente Verbrecher gar nicht so selten vorkommen«, meinte Hamid. Dann grinste er. »Aber superintelligente Verbrecherjäger zum Glück auch nicht.«

Als sie ein paar Seiten zurückblätterten, fanden sie einen dunkelhäutigen Typen, der dem Mann mit der Baseballkappe ähnelte. Maximilian Reiter hieß er. Er war auf einer Aufnahme zu sehen, die während einer Theaterpremiere gemacht worden war. Neben ihm standen Kyra Kaufmann und ein Mädchen mit schwarzen Haaren, das die Frau aus Gnädigs Büro sein konnte: Valeria Nowak. Die drei befanden sich offenbar während des Schlussapplauses auf der Bühne und hatten die Arme umeinandergelegt. Sie hielten sich ein Stück abseits der anderen Schauspieler – vielleicht nur einen Meter, aber sie wirkten trotzdem, als würden sie zusammengehören.

»*Supergute Tage*«, las Carlo vor. »Ein Zweiakter nach dem Roman von Mark Haddon. Bearbeitung für die Bühne: Kyra Kaufmann, Inszenierung: Max Reiter, Bühnenbild: Valeria Nowak.«

»Das Buch hab ich gelesen«, sagte Hamid. »Das ist eine Geschichte über einen total klugen Autisten.«

Jetzt kannten sie also schon drei der Kidnapper mit Namen. Und als Carlo weiterblätterte, entdeckte er im darauffolgenden Jahrgang auch den Muskelmann: Pierre von Papen. Allerdings war er da noch einige Pfund schwerer und nicht ganz so durchtrainiert. »Der war Landesmeister im Bogenschießen!«, stellte er fest. »Das war also der, der die Pfeile abgeschossen hat. Mannomann, Hamid, das ist ja ein Ding.«

Doch Hamid hörte ihm nicht mehr richtig zu. Er war auf einmal wieder ganz in Gedanken versunken. Er hielt noch immer eins der Bücher in den Händen, aber sein Blick nahm nichts mehr auf. Seine Lippen formten unhörbare Silben und Worte. Irgendetwas ging hinter seiner Stirn vor.

»Die tricksen wir aus«, raunte er so leise, als befürchte er, sie könnten belauscht werden. »Die schlagen wir mit ihren eigenen Waffen.«

»Willst du sie etwa auch entführen?«

»Das meine ich nicht. Was ist das Besondere, Carlo, was diese Typen haben?«

Carlo betrachtete das Bühnenfoto, als würde er dort die Antwort finden. »Ihr Schauspieltalent … ihr Wissen über die Schule natürlich … und ihre Intelligenz …«

»Ja!« Hamid richtete sich auf und als er weitersprach, klang er geradezu feierlich. »Wir werden sie mit unserem eigenen Wissen besiegen. Und mit unserer Intelligenz.« Sein Gesicht leuchtete. »Und ich hab auch schon eine Idee, wie.« Er legte das Buch zur Seite und rückte dicht an Carlo heran. Und dann flüsterte er ihm seinen Plan ins Ohr.

Als er fertig war, saß Carlo da und dachte noch einmal gründlich nach. Er kaute auf seiner Unterlippe, runzelte die Stirn, rieb sich das Ohrläppchen und schließlich kicherte er. »Mann«, sagte er. »Wenn das klappt …«

»Das muss klappen. Wir haben jetzt schon so viele Informationen über die vier. Wissen ist Macht – der Wahlspruch der Gnädig, Carlo!«

Carlo nickte. »Klar. Aber das allein reicht nicht, schätze ich mal. Wir brauchen auch verdammt viel Glück.«

Die Firma 11

Valeria saß mit ihrem Kaffeebecher vor dem Computer. Sie konnte es nicht fassen … Sechs Einzahlungen … sieben Millionen Euro auf ihrem Konto … In der kurzen Zeit, in der sie in der Küche gewesen war, waren gleich mehrere Überweisungen auf einmal eingegangen. Und die superreichen Grafen von Schaumburg hatten ordnungsgemäß zwei Mios überwiesen. Das war der Hammer!

Sie griff zum Funkgerät und versuchte so ruhig wie möglich zu bleiben. »Hier ist die Finanzbuchhaltung«, sagte sie grinsend. »Ich wollte Sie über die erwarteten Kontobewegungen informieren. Das Kapital der Firma hat sich deutlich erhöht.« Dann brach der Jubel aus ihr heraus – auch wenn das Kyras ausdrücklichen Vorsichtsmaßregeln widersprach. »Sieben Millionen!«, rief sie. »Und das ist erst der Anfang. Das müsst ihr euch anschauen.« Sie tippte auf die Tastatur des PCs, um den Kontostand zu aktualisieren. »Noch eine! Wahnsinn …« Mit glänzenden Augen starrte sie auf den Bildschirm, während sie sich das Funkgerät ans Ohr drückte. »Okay, dann bis gleich, Kyra. Und bringt schon mal den Schampus mit.«

Ihr Kaffee war inzwischen kalt geworden und sie beschloss, sich frischen zu holen. Doch da hörte sie ein

Geräusch. Es klang wie das Heulen eines Hundes. Richtig schaurig … Gab es in dieser Einöde etwa sogar Wölfe? Jetzt wurde das Jaulen zu wütendem Kläffen. Irgendetwas war da draußen los.

Valeria ging zum Fenster, öffnete es und klappte einen der Fensterläden zurück. Da … von dort rechts hinter den Tannen kam das Gekläff. Wölfe bellten doch eigentlich nicht, die heulten doch, oder? Ein paar Zweige bewegten sich. Sie beugte sich noch ein wenig weiter vor, doch sie konnte nichts erkennen. Nur eine Dohle hüpfte von einem Ast zum anderen und flatterte davon. Das Bellen wurde leiser, schwoll noch einmal zu einem kurzen Gejaule an und verstummte dann.

Sollte sie rausgehen und nachschauen? Nein, warum? Das war bestimmt nur ein streunender Köter gewesen. Dem würde sie sicher nicht hinterherlaufen – nicht in einem der spannendsten Momente ihres Lebens. Sie ließ das Fenster auf, um die nach Wald und Wiesen riechende Morgenluft ins Büro zu lassen, und setzte sich wieder an den Schreibtisch. Mal sehen, ob inzwischen noch mehr Geld eingetroffen war.

Es hatte geklappt! Carlo lag unter dem Bett der Gnädig und versuchte seinen jagenden Puls zu beruhigen. Das hier war das sicherste Versteck in der Wohnung – auch wenn es eindeutig zu staubig war. Aber Hamid hatte an alles gedacht und ihm einen nassen Waschlappen mitgegeben, den er sich jetzt vor die Nase hielt.

Zwei Minuten zuvor hatte er noch Hamids Gejaule gelauscht, während er vor der Tür des Büros gestanden hatte. Mitten in dem Wolfsgeheul hatte er gehört, wie drinnen der Fensterladen aufgeklappt wurde. Und während die Frau namens Valeria suchend aus dem Fenster geschaut hatte, war er hinter ihrem Rücken leise in die Wohnung der Direktorin geschlüpft. Blitzschnell war er erst ins Bad und dann in die Küche geflitzt. Er hatte all das erledigt, was Hamid ihm aufgetragen hatte. Auch wenn ihm vor Aufregung die Hände gezittert hatten.

Jetzt musste er abwarten – und das konnte Stunden dauern. »Du darfst nicht einschlafen, Carlo«, hatte Hamid ihm eingeschärft, »du darfst auf keinen Fall einschlafen! Wenn du anfängst zu schnarchen, versaust du die Sache!«

So lag er nun im Dunkeln auf dem Bauch, den Kopf in die verschränkten Arme gedrückt. Langsam entspannte er sich. Und mit der Entspannung kam die Müdigkeit, die sich bleischwer auf ihn legte. Er musste was dagegen tun, unbedingt. Er musste sich mit irgendetwas beschäftigen. Der Ritterschwur, den er für das Turnier auswendig lernen sollte ... Wie ging der noch? Denk nach, Carlo! Lautlos begann er die Worte zu formen. *Ein Ritter gelobt die ewige Tapferkeit. Sein Herz kennt nur die Tugend. Sein Schwert verteidigt die Hilflosen. Seine Macht unterstützt die Schwachen. Sein Mund spricht nur die Wahrheit. Sein Zorn zerschlägt die Bösen.* Auf Deutsch war das kein Problem, aber sie mussten den Schwur auch auf Lateinisch können. *Miles se fortem spondet fore semper* oder so ähnlich. Hamid wüsste das bestimmt. Es war einfach unglaublich, was der alles konnte. Ja! Er ballte die Faust, alle Trägheit war verschwunden. Mit Hamid zusammen musste die Sache einfach klappen.

Die Firma 12

Während Kyra, Maximilian und Valeria im Büro der Direktorin auf ihre ersten Millionen anstießen, stand Pierre mit dem Fernglas am Fenster des Gärtnerhauses. Einer musste natürlich auf dem Wachposten bleiben, und das übernahm er gerne. Für ein ausgiebiges gemeinsames Feiern würde noch genügend Zeit sein.

Pierre hatte die Kinder auf der Insel beobachtet, wie sie nach und nach aufgewacht waren, die beiden Lagerfeuer wieder entfacht und ein paar Fische gegrillt und gegessen hatten. Es hatte alles halbwegs normal ausgesehen. Und auch Pierre war ganz locker gewesen. Es hatte eine Weile gedauert, bis er gemerkt hatte, dass offenbar Unruhe aufgekommen war. Die Kinder standen am Strand, schauten sich immer wieder um und spähten in alle Richtungen. Eine unübersehbare Aufregung hatte sie erfasst.

Pierre hatte plötzlich ein ungutes Gefühl, eine Art böse Ahnung. Er begann, die beiden Gruppen durchzuzählen. Und plötzlich war er hellwach. Noch einmal zählte er, dann war er sich ziemlich sicher. Wenn sich nicht jemand im Wäldchen versteckte, dann hatten sie jetzt ein Problem. Voller Unruhe griff er zum Funkgerät und wartete, bis Max endlich antwortete.

»Was ist?«, fragte Maximilian fröhlich. »Willst du wissen, wie der neueste Kontostand aussieht?«

»Es könnte sein, dass zwei fehlen«, sagte Pierre mit mühsam unterdrückter Erregung. »Ich hab nur noch achtundvierzig gezählt. Zwei von den kleinen Scheißern müssen abgehauen sein.«

Pierre konnte Kyra im Hintergrund fluchen hören. »Ich denke, deine Anlage ist absolut sicher, verdammt noch mal.«

»Absolut sicher ist überhaupt nichts«, antwortete Max ihr. »Jedes System hat Schwachpunkte.«

»Ach ja? Schön, dass du da jetzt mit rauskommst.« Kyras Stimme triefte vor Hohn.

Pierre holte tief Luft. Die sollten sich nicht rumstreiten, die Idioten! »Hey, was machen wir jetzt? Soll ich hier schon mal alles zusammenpacken?«

Am anderen Ende berieten sich Max, Kyra und Valeria mit hektischen Worten.

»Ja, pack alles zusammen, Pierre«, antwortete Max schließlich. »Aber keine Panik, selbst wenn sie tatsächlich von der Insel abgehauen sind, wird es eine ganze Weile dauern, bis hier irgendjemand aufkreuzt. Kyra kommt gleich zu dir rüber. Ihr müsst die Wohnung putzen, um alle Fingerabdrücke zu beseitigen. Und Valli und ich übernehmen das hier in der Villa.«

Starr vor Angst lag Carlo unter dem Bett. Was war los? Warum waren die dabei, die halbe Wohnung auf den Kopf zu stellen? Die beiden Kidnapper wuselten mit dem Staubsauger in der Wohnung herum, als würden sie dafür bezahlt. Es waren Max und Valeria. Sie nannten sich oft genug beim Namen, sodass er keinen Zweifel hatte, dass es der dunkelhäutige Typ und die Frau mit den schwarzen Haaren waren, die da offenbar plötzlich einen Putzfimmel bekommen hatten.

Jetzt hatte er die Turnschuhe des Mannes so dicht vor der Nase, dass er nur den Arm hätte ausstrecken müssen, um ihn zu berühren. »Bist du auch im Schlafzimmer gewesen, Valli?«, hörte er ihn fragen. »Hast du hier irgendwas angefasst?«

»Nur die Türklinken.«

»Was ist mit dem Badezimmer?«

»Da muss ich eh gleich noch mal rein. Danach putze ich es gründlich«, antwortete die Frau. Sie kam ins Zimmer.

Carlo betete, dass er keinen Hustenanfall bekam. Er konnte ihre Füße in den flachen roten Ballerinas erkennen. Und jetzt setzte sie sich aufs Bett, sodass die Matratze ein Stück durchhing. Wenn sie nur nicht auf die Idee kam, auch unter dem Bett sauber zu machen …

»Ich glaube, der Sekt verträgt sich nicht so gut mit dem Kaffee«, sagte sie. »Ich habe ein Grummeln im Bauch …«

»Das ist die Aufregung«, erwiderte der Mann. »Mir schlägt es auch auf den Magen, dass es plötzlich so hektisch geworden ist.«

»Wenn deine Anlage besser funktioniert hätte, wäre keiner von der Insel entkommen und wir hätten alle Zeit der Welt gehabt, in Ruhe zu putzen«, sagte die Frau.

Carlo biss sich auf die Unterlippe. Das war es also! Sie hatten gemerkt, dass jemand abgehauen war. Und nun wollten sie so schnell wie möglich weg. Was für ein Mist! Ob Hamid und er jetzt noch genug Zeit hatten? Wann fingen diese verdammten Tabletten endlich an zu wirken?

Der Typ namens Max ging nicht auf ihren Vorwurf

ein. »Die Polizei kann sowieso nichts mit unseren Fingerabdrücken anfangen. Von uns ist ja keiner vorbestraft«, meinte er. »Die können uns nicht auf die Spur kommen, Valli. Es gibt keinerlei Verbindung zur Firma.«

Aus dem Büro kam das Quäken eines Funkgeräts und Valli stand auf. Weil alle Türen in der Wohnung offen standen, konnte Carlo gut verstehen, was sie sagte, während sie im Büro war. Offenbar war es diese Kyra, die sich erkundigte, wie weit die beiden mit dem Putzen waren und wie mittlerweile der Kontostand aussah. Nach einer knappen Minute drang ein Jubelschrei durch die Wohnung. »Fünfzehn Millionen!«, hörte er Valli rufen. So viel hatten die also schon auf dem Konto … unglaublich! Er musste sich zusammenreißen, keinen Muckser von sich zu geben. Und dann geschah das, worauf er schon so lange gewartet hatte – Valeria unterbrach das Gespräch, weil sie dringend zur Toilette musste!

Er sah wieder ihre Füße im Schlafzimmer auftauchen. »Max«, stöhnte sie. »Ich muss ins Bad. In meinem Darm rumort es wie verrückt. Ich glaube, ich kriege Durchfall.«

»Scheiße«, sagte Max. »Im wahrsten Sinne des Wortes. Ich muss auch dringend. Ich geh aufs Lehrerklo.«

Carlo grinste triumphierend. Es ging los! Genau,

wie sie es geplant hatten: eine ordentliche Ladung Abführmittel in den Kaffee, eine Weile warten und dann ab die Post!

Aus dem Klo kamen eindeutige Geräusche. Er lauschte noch ein paar Sekunden, dann kroch er unter dem Bett hervor, hastete aus dem Schlafzimmer und hinüber ins Büro der Gnädig. Fast im selben Moment kam Hamid zur Tür herein, der nur darauf gelauert hatte, dass dieser Max auf dem Flur auftauchte, um zur Toilette zu laufen.

»Super! Wo hattest du dich versteckt?«, raunte Carlo ihm zu.

Doch Hamid antwortete ihm nicht. Er saß schon auf dem Schreibtischstuhl, tippte voll konzentriert auf der Tastatur herum und starrte auf den Computer. »Komm schon, komm schon«, murmelte er ungeduldig.

»Kann ich dir helfen?« Carlo beugte sich über seine Schulter.

»Ich such das Amazon-Passwort. Aber das finde ich sicher im Browser.«

Bevor Carlo begriffen hatte, was Hamid da eigentlich tat, tauchte auf dem Bildschirm auch schon das Buch auf, das er kaufen wollte: *Supergute Tage* von Mark Haddon.

Hamid war überzeugt davon, in diesem Roman das

Passwort für das Online-Konto zu finden. »Intuition«, hatte er gesagt. »Die Intelligenz des Unbewussten. Darauf hat schon Einstein vertraut. Und außerdem nehmen gebildete Leute oft was aus ihren Lieblingsbüchern.« Na, hoffentlich hatte er recht. Um das Amazon-Passwort der Schule zu finden, hatte er jedenfalls keine Minute gebraucht. Aber das war natürlich längst nicht so gut geschützt wie der Code für Bankgeschäfte, weil der Browser es automatisch speicherte.

»Sperr deine Ohren auf«, flüsterte Hamid, ohne hochzuschauen. »Wenn du jemanden kommen hörst, müssen wir abhauen, auch wenn ich noch nicht fertig sein sollte.«

Was er danach alles anstellte, kapierte Carlo nur ansatzweise. Noch während der Download des Romans lief, lud Hamid von seinem Smartphone ein Hacker-Programm auf den PC, das er selbst im Matheunterricht entwickelt hatte. Das Programm glich in Windeseile den ganzen Text des Buches mit dem Codeword-Schlüssel für das Konto ab. »Wenn sie irgendwas aus dem Buch genommen haben, wahrscheinlich eine Zahlen-Buchstaben-Kombination, dann finden wir das. Mein Programm berücksichtigt sogar Leerstellen«, hatte Hamid gesagt.

Jetzt musterte er die Seite mit dem Bankkonto, damit er sofort reagieren konnte, sowie er das Passwort wusste. Woher konnte er das alles? Hamid schien sich mit solchen Bankangelegenheiten auszukennen wie ein Erwachsener. Lernte man so was hier im Internat? Vielleicht im Kurs »*Fit fürs Leben*« …

Carlo riss sich zusammen. Sie konnten es sich nicht leisten, dass er mit seinen Gedanken sonst wo war. Er ging in die Wohnung und lauschte in Richtung Badezimmer. Hey! Das waren eindeutige Geräusche, die da vom Klo kamen. Die Frau stöhnte so heftig, dass man glatt Mitleid mit ihr bekommen konnte. Sollte er auch noch zum Lehrerklo laufen, um nach dem Typen zu horchen? Nein, zu riskant. Auf dem langen Flur gab es keine Möglichkeit, sich zu verstecken, falls dieser Max von der Toilette kommen sollte.

Als Carlo ins Büro zurückkehrte, sah er sofort, dass etwas passiert war. Hamid saß starr wie eine Statue da, aber seine Augen leuchteten voller Begeisterung.

»Das ist es«, murmelte er, »das ist es. Kuck dir das an.«

Er hatte das Passwort geknackt! Carlo trat hinter ihn und sah ihm wieder über die Schulter. *LondonN W24NG* stand da – aber nur für eine Sekunde. Dann hatte Hamid das Wort gelöscht.

»Und jetzt das neue«, sagte er und begann zu tippen: *Hamidwashere40*. Er lächelte geradezu sanftmütig. »Futschikato, all das schöne Geld«, sagte er schadenfroh. »Jedenfalls für diese Schlaumeier.« Mit ein paar schnellen Tastenberührungen hatte er die Seite mit der Kontoübersicht wieder geöffnet, auf der nicht zu erkennen war, dass sie jetzt durch ein neues Passwort geschützt war. Erst, wenn man sie schloss und danach erneut öffnen wollte, kam die Überraschung. Die böse Überraschung …

»Fünfzehn Millionen! Die Gesichter möchte ich sehen.« Hamid kicherte.

Carlo stieß ihn an. »Wir sollten abhauen, Hamid. Die werden nicht ewig auf dem Klo hocken.«

Wie aufs Stichwort war jetzt aus der angrenzenden Wohnung das Geräusch der Klospülung zu hören. Hamid schnellte vom Bürostuhl hoch. Carlo drehte sich erschrocken um – so ungestüm, dass er eine bunt bemalte Pappschachtel vom Schreibtisch fegte. Ein Sammelsurium aus Stiften, Scheren und Kleinkram rasselte auf den Boden. Hektisch machte er sich daran, alles wieder einzusammeln. Doch plötzlich weiteten sich seine Augen. Hey! Endlich war seine Ungeschicklichkeit mal zu was nutze: Vor ihm lag ein Schlüsselbund. Ein Schlüsselbund, auf dessen Anhänger *Keller* stand.

In Sekundenschnelle hatte er die Schachtel wieder hingestellt und war zu Hamid gehuscht, der an der Tür die Lage peilte, nervös auf den Zehen wippend. Und schon rannten sie den Flur entlang, am Lehrerklo vorbei zum Treppenhaus. Hamid wollte die Treppe nehmen, die nach oben zu ihrem Zimmer führte. Doch Carlo hielt ihn zurück. »Zum Keller!«, flüsterte er und zerrte Hamid mit sich.

Kurz darauf standen sie atemlos vor der Holztür, hinter der sich die Kellertreppe befand, und Carlo schwenkte den Schlüsselbund. »Kuck, was ich hier hab«, kicherte er. Er zögerte eine Sekunde, dann entschied er sich für den größten der Schlüssel. Er passte! Und auch die eiserne Tür, die zum Vorkeller führte, hatte er in wenigen Sekunden aufgeschlossen. Nun noch der Vorratskeller.

Seine Hand zitterte, als er den dritten Schlüssel ins Schloss steckte. Plötzlich hatte er Angst. Bilder von Verdursteten, die bis zuletzt verzweifelt an der Tür gescharrt hatten, kamen ihm in den Sinn. Aber das war natürlich Blödsinn … Hier unten gab es wohl genug zum Trinken, um drei Erwachsene ein paar Tage lang zu versorgen. Und überhaupt: Es waren ja erst zwei Tage vergangen, seit Grundeis die Gnädig und die beiden Lehrer in den Keller gelockt hatte. Unglaublich … erst zwei Tage …

»Nun mach schon!« Hamid sah ihn auffordernd an.

Entschlossen drehte Carlo den Schlüssel um und öffnete die Tür.

Als Maximilian ins Büro zurückkehrte, die Hand noch immer auf den Bauch gedrückt, stand Valeria schon am Schreibtisch und telefonierte. Ihr Gesicht sah ungesund blass aus, vermutlich wegen dieser üblen Magen-Darm-Geschichte, die sie alle beide erwischt hatte. Vielleicht aber auch aufgrund des Gesprächs, das sie gerade führte.

»Ich verstehe, Herr von Thalen«, sagte sie mit ihrer Gnädig-Stimme, die allerdings reichlich gequält klang. »Das ist Ihre Entscheidung … natürlich, ich werde Ihnen behilflich sein, wo ich nur kann … vielleicht haben Sie ja recht. Ich hoffe, Tom wird nicht allzu enttäuscht sein. Falls er die Sache überlebt … Tut mir leid, das war nicht so gemeint … Ich gebe Ihnen natürlich Bescheid, wenn es etwas Neues gibt. Auf Wiederhören, Herr von Thalen.«

Sie legte auf und stieß die Luft aus. »Was für ein unangenehmer Typ. Der will für seinen Sohn nicht zahlen. Er hat die Polizei eingeschaltet, die können jeden Moment hier sein, Max!« Einen Moment starrte sie voller Panik auf das Telefon.

»Dann beeil dich!«, fuhr Max sie an.

Valeria reagierte. Sie schloss die Seite mit dem Konto, löschte den Verlauf, der alle benutzten Seiten verzeichnete, fuhr den Computer runter und wischte mit einem Lappen hastig über die Tastatur, die Maus und das Mauspad.

Max hatte das Sprechfunkgerät genommen, um die beiden im Gärtnerhaus über ihren sofortigen Aufbruch zu informieren. Dann packte er das Gerät in einen Beutel und sammelte Kaffeebecher, Sektgläser, die Flasche und ein von Valeria benutztes Papiertaschentuch ein. Auch den Inhalt des Papierkorbs kippte er vorsichtshalber in den Beutel.

Jetzt stand er nervös am Fenster und schaute hinaus. »Dahinten kommen Kyra und Pierre mit dem Wagen«, sagte er erleichtert. »Bist du so weit, Valli?«

Statt einer Antwort stopfte sie den Lappen in Max' Tasche und griff sich auch noch das Sofakissen, auf das sie ihren Kopf gebettet hatte.

Sie ließen die Bürotür hinter sich ins Schloss fallen und hasteten die Treppen hinunter. Als sie durch die Eingangshalle liefen, sahen sie, dass die Kellertür offen stand. Geräusche von aufgeregten Stimmen drangen nach oben.

Valeria blieb wie angewurzelt stehen. »Die sind frei«, stammelte sie. »Die Polizei ist schon da!« Max packte sie am Arm und zerrte sie weiter.

Wenige Sekunden später ließen sie sich auf die Rückbank des Kombis fallen, der mit quietschenden

Reifen vor dem Eingangsportal angehalten hatte. Kyra saß am Steuer, die Baseballkappe in die Stirn gezogen. »Alles klar?«, fragte sie.

»Alles klar«, antworteten Max und Valeria.

Ein letztes Mal schaute Kyra zur Villa hinüber, triumphierend und voller Genugtuung. In dem Bewusstsein, das Internat als Multimillionärin zu verlassen, gab sie Gas, dass der Kies nur so aufspritzte.

Wow … Carlo wich einen Schritt zurück. Das haute ihn um! Vor ihnen standen die Gnädig, Lachnitz, Mister O'Neill und Grundeis und schauten sie mit glasigen Augen an. Das heißt, sie standen nicht wirklich, sie schwankten. Lachnitz hatte die Direktorin im Arm, sonst wäre sie garantiert umgefallen. Mister O'Neill rülpste zur Begrüßung. Und Grundeis hatte einen ungesund roten Kopf. Die waren schwer betrunken!

»Endlich«, krächzte die Gnädig und machte sich von Lachnitz los. »Hamid, Carlo, ihr Lieben, ihr Allerbesten. Mein Gott, bin ich froh.« Sie stolperte mit ausgebreiteten Armen auf sie zu.

»Äh …« Carlo schluckte und warf Hamid einen fragenden Blick zu. Der stand genauso hilflos da wie er selbst.

Die Direktorin konnte sich gerade noch fangen. »Gab nur Wein und Saft zum Trinken«, murmelte sie und versuchte Haltung anzunehmen.

Lachnitz vertrug offenbar mehr Alkohol. Er war der Einzige, der halbwegs normal aussah. »Danke, Jungs, danke!«, seufzte er erleichtert. Doch dann musterte er sie mit einem eher strengen Blick. »Wer hat uns hier eingesperrt? Habt ihr was damit zu tun, Hamid? Carlo?«

»Das werden wir schon noch alles erfahren«, nuschelte Grundeis und schob ihn und Hamid mit seinen Pranken zur Seite. »Aber jetzt will ich raus aus diesem Loch. Ich habe entsetzlichen Durst.« Und schon wankte er die Kellertreppe hoch.

In der Wohnung des Hausmeisters drängelten sich die vier erst mal um den Wasserhahn und stillten ihren Durst mit Leitungswasser. Carlo sah ihnen ungeduldig zu, wie sie ein Glas nach dem anderen in sich hineinschütteten. Er brannte darauf, zu erzählen, was sie erlebt hatten. Denn natürlich nagte der misstrauische Blick seines Lehrers an ihm. Das konnte ja wohl nicht wahr sein, dass hier schon wieder die Falschen in Verdacht gerieten, oder? Doch noch bevor er ein Wort sagen konnte, sahen sie vor dem Fenster einen Wagen vorfahren und zwei Männer herausspringen.

»Die Kripo!«, riefen Carlo und Hamid wie aus einem Mund. Sie grinsten sich an. Ja, genauso wie die beiden Männer, die da vor der Villa standen und das Haus musterten, sahen die Kommissare in den Fernsehkrimis auch immer aus. Neugierig, ein bisschen düster und geheimnisvoll.

»Kripo? Ich will jetzt endlich wissen, was hier los ist, verdammte Hacke!«, fluchte Lachnitz.

Aber Carlo und Hamid waren schon auf dem Weg zur Eingangshalle, gefolgt von Frau Doktor Gnädig, die überraschend schnell halbwegs nüchtern geworden war. »Die Kriminalpolizei, in meiner Schule! Ich versteh das alles nicht«, jammerte sie. »Was ist denn nur passiert?«

Doch es sollte noch eine ganze Weile dauern, bis sie tatsächlich begriff, was sich in den letzten Tagen in der Villa und am See zugetragen hatte. Denn erst einmal redeten die beiden Kommissare, und die hatten ja eigentlich keine Ahnung, was passiert war. »Wir würden gerne Thomas von Thalen sprechen«, sagte der eine der Polizisten und schaute sich in der Eingangshalle um, als ob Tom dort Verstecken spielen würde.

Als die Direktorin nur hilflos die Schultern hob, erzählte der Kommissar, dass Herr und Frau von Thalen die Polizei angerufen hätten, weil ihr Sohn angeblich aus dem Internat entführt worden sei. Aber da sie das Ganze für einen üblen Scherz ihres Sohnes hielten, hätten sie natürlich kein Lösegeld gezahlt.

Ein Scherz? Carlo schluckte. Das Ganze war bitterer Ernst. Ein richtig großes Verbrechen war das! Wie konnte es angehen, dass sich Toms Eltern keine Sorgen um ihren Sohn gemacht hatten? »Das … das ist kein Scherz! Tom … Tom ist auf der Pfaueninsel gefangen«, stotterte er, »genau wie die anderen. Wir sind alle zusammen entführt worden! Und die Erpresser sind gerade abgehauen.«

Frau Doktor Gnädig strich über ihren zerknitterten Kostümrock, als könnte sie dadurch ihre Haltung zurückgewinnen. »Auf der Pfaueninsel gefangen … Erpresser …«, wiederholte sie Carlos Worte.

Auch Hamid war ganz aufgeregt und fuchtelte mit den Händen in der Luft herum. »Jawohl, fünfzig Kinder auf einen Schlag! Weil hier so viele Reiche auf dem Internat sind. Da wollten die ganz groß kassieren, und jetzt denken sie, sie hätten schon mal fünfzehn Millionen auf dem Konto. Aber Carlo und ich, wir haben …« Hamid sprudelte nur so los.

»Moment!« Der ältere der Kommissare, ein Grauhaariger mit Bartstoppeln, unterbrach ihn. »Alles schön der Reihe nach«, sagte er. »Aber vielleicht sollten wir das nicht hier in der Eingangshalle besprechen.«

Doch Hamid redete schon weiter. »Also, wir saßen am Freitag gerade beim Essen, als eine Durchsage vom Hausmeister kam …«

»Ich habe überhaupt keine Durchsage gemacht«, schimpfte Grundeis. »Da war dieser Mann, der den Strom ablesen wollte, und plötzlich knallt er die Kellertür zu und …«

»Meine Herren!« Jetzt mischte sich die Gnädig ein, die offenbar endlich ihre Sprache wiedergefunden hatten. »Wir sollten umgehend die Eltern benachrichtigen. Die sind doch alle in Angst und Sorge. Und wenn ich euch richtig verstanden habe, sollen die Familien eine unglaubliche Summe an die Erpresser überweisen. Das gilt es zu stoppen, ehe noch mehr Geld in die falschen Hände gerät.«

Jetzt erzählte Hamid von dem Konto und dem geänderten Passwort und von den vier ehemaligen Schülern des Internats, die sie ausgetrickst hatten.

Als die Gnädig hörte, wer hinter dem Ganzen steckte, wurde sie blass wie eine Leiche. Fassungslos schüttelte sie den Kopf. »Kyra Kaufmann und Maximilian Reiter? Erpresser? Zwei der wirklich Hochbegabten … Die hatten doch eine glänzende Zukunft vor sich …«

Der jüngere der Kommissare wollte von Hamid wissen, wie sie es geschafft hatten, das Passwort herauszufinden. Hamid setzte zu einer seiner ausführlichen Erklärungen an.

Doch Carlo hielt es nicht mehr aus. Die Erinnerung

an den Streit und die Anfeindungen auf der Insel kamen wieder in ihm hoch. Wer weiß, was dort gerade los war? Vielleicht drehte Tom endgültig durch ... oder Jenny geriet tatsächlich noch in Panik ... Wieso quatschten die hier denn alle so lange? Sie mussten den anderen dringend Bescheid sagen! »Kann mir bitte mal einer zuhören!«, brüllte er so laut, dass Hamid neben ihm zusammenzuckte. »Wir müssen zur Insel rüber! Die anderen denken doch immer noch, dass sie gefangen sind. Die wissen ja noch gar nicht, dass die Gefahr vorbei ist.« Ungeduldig zog er Grundeis am Arm. »Wir können das Ruderboot nehmen!«

Endlich kam Bewegung in die Versammlung. Während die Direktorin und Mister O'Neill es übernahmen, die Eltern anzurufen, machte sich der jüngere Kommissar daran, die Fahndung nach den Entführern einzuleiten. Die anderen begaben sich endlich, endlich zum Seeufer. Lachnitz und Grundeis schoben das Boot in den See. Und noch bevor sie die Ruder aus dem Bootsschuppen geholt hatten, saßen Carlo und Hamid auch schon nebeneinander auf der Bank im Boot.

Der Kommissar winkte sie zurück. »Ihr Jungs bleibt hier. Wer weiß, ob sich nicht doch noch einer der Verbrecher auf der Insel versteckt hält.«

Carlo sah ihn flehend an. »Aber nein!«, beteuerte er.

»Die sind nicht auf der Insel! Die waren die ganze Zeit über nicht da. Bitte, bitte, lassen sie uns mitfahren.«

Jetzt mischte sich Lachnitz ein. »Es ist vielleicht wirklich besser, wenn die Jungs mit im Boot sind«, sagte er. »Für die armen Kinder ist das sicher eine Erleichterung, als Erstes ihre Mitschüler zu sehen und nicht einen fremden Mann, Herr Kommissar. Den Jungs vertrauen sie immerhin voll und ganz.«

Carlo warf Hamid einen schnellen Blick zu und wieder einmal verstanden sie sich ohne Worte: Das mit dem Vertrauen, das war so eine Sache … Den Teil der Geschichte hatten sie ja noch nicht erzählt – und wer weiß, ob sie ihn je erzählen würden.

Der Kommissar ließ sich überzeugen. Er nickte ihnen zu und kletterte ins Heck. Als Letzter setzte sich Lachnitz auf die Ruderbank und Grundeis gab dem Boot vom Ufer aus einen Schubs.

Mit kräftigen Schlägen brachte der Lehrer das Ruderboot dem Ufer der Insel näher, und mit jedem Meter wuchs Carlos Aufregung. Da standen sie alle am Strand und winkten und strahlten und schrien durcheinander! Jenny hüpfte wie ein Flummi auf und ab. Irina und Konstantin schwammen ihnen entgegen. Agneta saß bei Marie auf dem Rücken und wedelte so wild mit den Händen, dass sie fast umkippten. Laut schallte der Jubel über das Wasser. Wie erleichtert alle aussahen!

Aber wo war eigentlich Tom? Unwillkürlich hielt Carlo nach ihm Ausschau und im nächsten Moment entdeckte er ihn auch schon. Er stand ein wenig abseits, mit verschränkten Armen und misstrauischer Miene.

Carlo winkte ihm zu. »Siehst du, Tom!«, schrie er. »Siehst du, wir sind keine Verräter!«

Plötzlich merkte er, welch großer Druck von ihm abfiel. Die ganze Anspannung der letzten Tage löste sich auf, und er sprudelte über vor Freude. »Mann, Alter … Mann, Alter … Mannomann«, sagte er immer wieder, wobei er gegen Hamids Oberarm boxte.

Die letzten Meter schoben Irina und Konstantin das Boot durch das flache Wasser. So viele Kinder waren plötzlich da, die es umringten, dass es fast zu kentern drohte. Alle redeten gleichzeitig. Alle wollten wissen, was passiert war. Noch während das Boot knirschend auf dem sandigen Ufer auflief, wurden sie so mit Fragen überschüttet, dass selbst Hamid nur stumm den Kopf schüttelte.

»Lasst gut sein, ihr Lieben.« Lachnitz schaffte es, sich in dem Geschrei Gehör zu verschaffen. »Jetzt bringen wir euch erst mal zur Villa rüber. Und dann wird genug Zeit sein, über alles zu reden.«

Die Firma 14

Im Büro der Firma, im obersten Stock des Hochhauses, warteten Kyra, Max und Pierre ungeduldig darauf, dass Valeria den Computer hochgefahren und die Seite mit dem Bankkonto aufgerufen hatte.

Die Stimmung war auf dem Höhepunkt. Die Tatsache, dass sie fast entdeckt worden und trotzdem entkommen waren, machte die vier noch aufgedrehter und übermütiger. Als sie vom Park der Villa auf die einsame Landstraße abgebogen waren, war ihnen ein dunkler Wagen mit zwei Männern entgegengekommen. Und genau wie Carlo und Hamid hatten sie vermutet, dass in dem Auto die Kriminalpolizei anrückte.

»Fünf Minuten eher, und sie wären uns direkt vor der Villa begegnet. Fünf Minuten eher!« Kyras Stimme überschlug sich jetzt noch vor Aufregung. »Alles hat geklappt, auf die Sekunde genau.«

»Wir sind die Größten! Wir sind genial! Wir sind die Unbesiegbaren!« Pierre schlug sich bei jedem Satz mit der Faust gegen seine breite Brust.

Max lächelte. »Wir sind die Firma, Pierre. Die Brainwin GbR – und die wird in wenigen Jahren zu einem der mächtigsten Unternehmen überhaupt aufsteigen. Die Welt wird noch von uns reden, so viel ist sicher.« Er stellte sich ans Fenster und ließ den Blick über die

Stadt schweifen, als lägen ihm die Menschen jetzt schon ehrfürchtig zu Füßen.

»Ja«, sagte Kyra nahezu feierlich. »Wissen ist Macht.«

»Und Geld sichert die Herrschaft. Vor allem viel Geld.« Pierre kicherte.

Jetzt war ein Seufzer von Valeria zu hören, ein sehr verzweifelt klingender Seufzer. »Ich versteh das nicht«, murmelte sie. »Ich komme nicht an unser Konto ran. Ich habe keinen Zugriff.«

Max löste sich vom Fenster. Die drei rückten näher und schauten Valeria über die Schulter. *Error. Wrong Password,* war auf dem Bildschirm zu lesen.

»Du musst dich vertippt haben«, sagte Max. »Bleib ganz ruhig, Valli.«

»Aber ich habe es schon zweimal eingegeben. Und beim zweiten Mal habe ich mich wirklich konzentriert.« In Valerias Stimme schwang ernsthafte Sorge mit. Sie schaute vom Computer hoch und sah Kyra an. »Hol das Buch«, sagte sie, »und schlag das Wort vorsichtshalber noch mal nach. Wir haben nur noch einen Versuch, verdammt noch mal. Nach dem dritten Fehler wird die Seite gesperrt.«

Kyra nahm den Roman *Supergute Tage* aus dem Wandregal, in dem zur Tarnung noch eine Menge anderer Bücher standen. Hastig blätterte sie durch die

Seiten, bis sie schließlich Seite 131 aufschlug. »Ich lese vor, Valeria«, sagte sie. »LondonNW24NG.«

»Genau das habe ich eingegeben.«

Max legte Valeria beruhigend die Hand auf die Schulter. »Hast du vielleicht aus Versehen eine Leerstelle nach London getippt?«

»Nein!«

»Dann versuch es noch einmal, Valli. Wahrscheinlich warst du übernervös. Wir werden diesmal genau hinkucken.«

Alle drei standen sie um den Computer herum und schauten auf die Tastatur, während Kyra die Buchstaben-Zahlen-Kombination vorlas und Valeria die Zeichen ein drittes Mal eingab: LondonNW24NG.

Es dauerte nur den Bruchteil einer Sekunde, dann stand es schwarz auf weiß vor ihren Augen. *Wrong Password. Access denied.*

Die vier sahen sich an. Kyras Kiefermuskeln arbeiteten so, dass man ihre Zähne knirschen hörte. »Zugang verweigert … Was heißt das, Valeria? Was um alles in der Welt hat das zu bedeuten?«, sagte sie langsam.

Valeria wich ihrem Blick aus. Sie starrte wieder auf den Bildschirm, die langen schwarzen Haare fielen ihr ins Gesicht. »Ich weiß es nicht«, antwortete sie tonlos.

Eine unheilvolle Stille hing im Raum, bis Max das

Wort ergriff. »Aber ich«, sagte er düster. »Ich weiß es. Jemand muss das Passwort geändert haben.«

»Das Passwort geändert …? Aber wer denn?« Pierre guckte ratlos von einem zum anderen.

»Das möchte ich auch gerne wissen.« Max legte Valeria wieder die Hand auf die Schulter, aber dieses Mal packte er fester zu.

Kyra ließ ihre Hand auf Valerias andere Schulter sinken. »Wahrscheinlich die, die als Einzige die ganze Zeit über am Computer gewesen ist, denke ich. Und die jetzt vielleicht einen Alleingang versucht, oder?«

»Was?« Valeria hob den Kopf. Ihre Augen waren vor Entsetzen geweitet. »Seid ihr wahnsinnig geworden? Ihr wollt doch nicht etwa *mich* verdächtigen?«

Von Max und Kyra kam keine Reaktion. Pierre zögerte nur eine Sekunde. Dann griff er nach Valerias Schreibtischstuhl und drehte ihn so heftig herum, dass sie aufschrie. »Na klar wollen wir das. Wen denn sonst? Du willst uns austricksen, du Schlange«, zischte er. »Du willst das ganze Geld für dich behalten.«

»Mensch, Valeria«, murmelte Max, und in diesen zwei Wörtern schwang so viel Enttäuschung und Verachtung mit, dass ihr alles Blut aus dem Gesicht wich.

»Hört doch auf! Ich war das nicht. Wie könnt ihr so was glauben? Ihr kennt mich doch!« Valerias Stimme schnappte fast über. Flehend sah sie zu Kyra hinüber.

»Kyra, bitte, denk doch mal nach! Warum sollte ich so viel Geld für mich behalten wollen? Was soll ich denn damit? Wir müssen versuchen, das richtige Passwort herauszubekommen, anstatt uns hier gegenseitig fertigzumachen. Und zwar schnell, bevor jemand das Geld auf ein anderes Konto transferiert. Wir müssen unseren Verstand benutzen!«

Und plötzlich begriff Kyra, dass sie dabei waren, in ihre eigene Falle zu tappen. *Divide et impera.* Wer Zwietracht unter seinen Feinden sät, hat schon halb gewonnen. Beinahe hätte es geklappt …

»Lass sie in Ruhe, Pierre«, sagte sie, »sofort. Jeder setzt sich jetzt an einen Computer und arbeitet. Wir müssen das verdammte Passwort finden. Und wir werden es finden.«

Der Lärm im Speisesaal legte sich und Carlo schloss kurz die Augen. Wie lange hatte er jetzt eigentlich nicht mehr geschlafen? Wenn er nicht aufpasste, kippte er noch vom Stuhl.

Nachdem er und Hamid zum x-ten Mal ihre Geschichte erzählt hatten, gab es jetzt endlich was zum Essen. Alle schaufelten die Spaghetti in sich hinein, dass die Tomatensoße nur so spritzte. Mister O'Neill und Lachnitz hatten eine Riesenportion gekocht, die auch noch für die beiden Kommissare reichte. Während sie mit der Gnädig, Grundeis und den Lehrern im Wintergarten zu Mittag aßen, telefonierten sie, um die Verfolgung der Verbrecher voranzutreiben.

Carlo klemmte zwischen Hamid und Agneta an einem Sechsertisch, um den sich außerdem noch Marie, Konstantin, Irina und Jenny scharten. Er war froh, eine

Atempause zu haben und Marie zuhören zu können. Sie berichtete, wie es auf der Insel zugegangen war, nachdem das Verschwinden der beiden Jungen bemerkt worden war.

»Tom und Xynthia haben natürlich behauptet, ihr hättet euch feige abgesetzt und uns im Stich gelassen«, sagte sie. »Aber wir anderen haben euch so die Daumen gedrückt.«

Carlo schaute zu dem Tisch hinüber, an dem Tom, Xynthia, Fabian und Frederike saßen. Die vier taten so, als bemerkten sie die Blicke nicht, aber man sah ihnen ihr Unbehagen an. Frederike drehte die ganze Zeit nur die Nudeln mit ihrer Gabel auf, ohne sie in den Mund zu stecken. Und Tom redete mit einer Munterkeit auf die drei anderen ein, die völlig übertrieben wirkte.

Hamid hatte Carlos Blick bemerkt. »Jetzt sind sie schlauer«, meinte er. »Ich wette, die würden am liebsten im Erdboden versinken.«

Noch bevor sich alle satt gegessen hatten, kamen schon die ersten Eltern, die ihre Kinder überglücklich in die Arme schlossen. Jennys Mutter weinte so sehr, dass Jenny ihr immer nur beruhigend auf den Rücken klopfte. Es schien, als ob die kleine Jenny durch das Abenteuer ein ganzes Stück älter geworden war.

Carlo saß mit dem Rücken zur Tür. Immer wieder

drehte er sich um. Dabei rechnete er gar nicht damit, dass seine Eltern so bald auftauchen würden. Immerhin waren es etliche Stunden Fahrt von zu Hause bis zum Internat. Und wahrscheinlich hatten sie sowieso noch wichtige Dinge zu erledigen, bevor sie sich auf den Weg machen konnten. Aber er hatte noch vor dem Essen mit ihnen telefoniert. Wie erleichtert und glücklich sie gewesen waren, dass ihm nichts passiert war! Auch Richard und Frau Lehmann waren ans Telefon gekommen, um seine Stimme zu hören. Hatten die zu Hause eigentlich richtig kapiert, dass er und Hamid die Entführer ausgetrickst und das Geld gerettet hatten? Wahrscheinlich hatte er vor lauter Aufregung einen ziemlich wirren Bericht abgeliefert.

Hamids Mutter war ebenfalls unterwegs zum Internat. Obwohl sie nicht zu den Erpressten zählte, war sie von der Kripo gebeten worden zu kommen. Sie sollte dabei sein, wenn ihr Sohn seine Aussagen offiziell zu Protokoll gab.

»Mann, Carlo!« Hamid stieß ihn mit dem Ellenbogen an. »Hat jemand eigentlich daran gedacht, das Geld so schnell wie möglich an die Eltern zurückzuüberweisen? Wenn diese Typen so schlau sind, wie ich denke, dann haben die doch bald das neue Passwort geknackt.« Noch bevor Carlo antworten konnte, sprang er auch schon auf und lief zu den Erwachsenen in den

Wintergarten, wo er mit seiner Schnellfeuermethode auf sie einredete.

Kurz darauf standen sie am Schreibtisch der Gnädig. Das heißt, Carlo, der grauhaarige Kommissar und die Gnädig standen, Hamid dagegen saß wie der Chef persönlich auf dem Stuhl der Direktorin. Als er die Seite mit dem Bankkonto öffnete und die fünfzehn Millionen schwarz auf weiß zu sehen waren, stieß Frau Doktor Gnädig die Luft aus. »Unglaublich«, stöhnte sie.

Der Kommissar klopfte Hamid anerkennend auf die Schulter. »Da habt ihr wirklich einen Riesencoup verhindert, Jungs.«

»Was hast du denn eigentlich für ein Passwort genommen?«, fragte Carlo. Hamid hatte die Buchstaben-Zahlen-Kombination so schnell getippt, dass er sie nicht hatte lesen können.

»Nichts besonders Originelles«, antwortete er. »Mir ist auf die Schnelle nichts Besseres eingefallen. Ich hab *Hamid was here* geschrieben, natürlich ohne Leerstellen, und dann hab ich noch eine Vier und eine Null angehängt, weil man immer auch Ziffern braucht.« Er grinste Carlo an. »*Four Nothing*, verstehst du? For nothing.«

Carlo schüttelte den Kopf und auch die Erwachsenen schauten Hamid ratlos an.

»Für nichts.« Hamid lachte. »Weil doch all ihre Mühen für nichts nütze waren.«

»*Zu* nichts nütze«, mischte sich die Gnädig ein. »Es heißt *zu nichts nütze sein*.«

»Egal«, sagte der Kommissar. »Jetzt lassen Sie mich schnell die Millionen dorthin transferieren, wo sie hingehören.« Er rollte Hamid mitsamt dem Stuhl zur Seite, beugte sich über die Tastatur und begann mit den Überweisungen.

Carlo konnte sich kaum vorstellen, dass die vier Erpresser das neue Passwort rauskriegen würden. Doch Hamid war anderer Meinung. Allerdings kam er nicht dazu, zu erklären, was die Verbrecher alles für Möglichkeiten hatten, um den Code zu knacken. Denn plötzlich wurde die Tür zum Büro der Gnädig aufgestoßen und Hamids Mutter fegte in den Raum. Auf den allerersten Blick war zu sehen, dass Hamid ihr Sohn war. Sie war genauso dünn wie er und hatte die gleichen schwarzen Locken. In der nächsten Sekunde hatte sie ihren Sohn auch schon an sich gedrückt und ihn mit Küssen übersät.

Wieder musste Hamid die ganze Geschichte erzählen. Und dabei wirkte er plötzlich so müde, dass er trotz seiner braunen Haut richtig käsig aussah. Besorgt legte ihm seine Mutter die Hand auf die Stirn und sagte etwas in einer Sprache, die Carlo nicht verstand. Aber dass es etwas Liebevolles gewesen sein musste, war klar. Auf einmal hatte Carlo Sehnsucht nach seinen eigenen Eltern.

Und tatsächlich ging in diesem Moment die Tür wieder auf, und es wurde richtig voll im Büro der Direktorin. Seine Familie war da! Sein Vater, seine Mutter und Richard stürmten auf ihn zu. Und sogar Frau Lehmann war mitgekommen! Sie schafften es alle gleichzeitig, ihn zu umarmen und mit Fragen zu bestürmen. Und wieder ging das Erzählen von vorne los. Zum Glück waren die Direktorin und der Kommissar mittlerweile in der Lage, die Story halbwegs schlüssig nachzuerzählen. Und so konnten Carlo und Hamid erschöpft zwischen ihren Müttern auf dem Ledersofa der Gnädig sitzen und brauchten nur ab und zu mal ein paar Details zu korrigieren.

»Ich fasse es nicht«, sagte Carlos Vater, der auf der breiten Kante des Sofas saß. »Mein Sohn ein Meisterdetektiv …« In seiner Stimme schwang Staunen mit, aber auch eine gehörige Portion Stolz.

»Coole Sache, Carlito.« Richard nickte ihm zu. «Das war echt mutig von euch.«

»Nun ja«, mischte sich der Kommissar ein. »Eigentlich wäre es sinnvoller gewesen, die beiden hätten uns sofort verständigt, als eigenmächtig zu ermitteln. Das hätte schließlich gefährlich werden können.«

»Ja, natürlich.« Carlos Mutter tat einen tiefen Seufzer. »Aber es ist trotzdem großartig, was ihr Jungs da geschafft habt.«

»Ehrlich gestanden«, sagte Carlo bescheiden, »ohne Hamids Trick mit dem Passwort wären die Typen jetzt mit dem Geld über alle Berge.«

»Nee, nee«, protestierte Hamid. »Das haben wir gemeinsam hingekriegt. Wir sind ein super Team. Jetzt können wir die Erpresser doch eigentlich auch noch vollends zur Strecke bringen, oder, Carlo?«

Carlo grinste. »Ein Jedi benutzt die Macht für das Wissen zur Verteidigung. Niemals zum Angriff«, antwortete er, wobei er seinem Vater aus dem Augenwinkel einen Blick zuwarf.

»Ein Zitat von Meister Yoda, nehme ich an«, sagte der und grinste ebenfalls. »Gar nicht so dumm, der Mann. Vielleicht sollte ich mir auch mal so einen *Star Wars*-Film ankucken.«

Als sie in den Speisesaal zurückkehrten, waren mittlerweile alle Eltern eingetroffen. Der Lärm im Raum, all das Fragen und Rufen und Durcheinandergerede, war so groß, dass sich die Gnädig die Ohren zuhielt. Offensichtlich war sie nach dem, was sie durchgemacht hatte, noch nicht ganz auf der Höhe. Doch die beiden Kommissare bereiteten dem Chaos sowieso ein schnelles Ende, indem sie die Eltern in einen Nebenraum baten, um in Ruhe ihre Aussagen aufnehmen zu können. Die Erwachsenen machten klar, dass sie danach aber so schnell wie möglich mit ihren Kindern wieder nach Hause wollten.

Carlo konnte sich gar nicht vorstellen, die Villa zu verlassen. Er brauchte keine Ruhe, so wie die Gnädig. Er wollte mit den anderen zusammenbleiben, mit Hamid und Agneta, Marie, Jenny, Irina und Konstantin. So viel war passiert, da konnte er doch jetzt nicht einfach nach Hause fahren. Und er war nicht der Einzige, dem es so ging, obwohl manche schon ihre Taschen gepackt hatten, um abzureisen.

Agneta wedelte mit den Armen in der Luft herum. »Hört mal! Wir können sowieso hier jetzt nicht weg«, rief sie. »In zwei Wochen findet das Schulturnier statt. Wir haben uns die letzten Tage kein bisschen vorbereitet. Wir haben wertvolle Zeit verloren.«

»Woran lag das noch mal?« Marie kräuselte die Stirn und fuhr sich durch ihre Raspelfrisur. »Ich glaube, irgendetwas ist uns dazwischengekommen.«

Alle lachten.

Auch Agneta kicherte. Doch dann wurde ihr Gesicht wieder ernst. »Ehrlich, Leute! Sagt bloß, ihr wollt wegen diesen unverschämten Erpressern das Turnier sausen lassen?« Sie verschränkte die Arme vor der

Brust. »Ich jedenfalls nicht! Ich hab mich seit Monaten darauf gefreut.« Herausfordernd blickte sie in die Runde. »Also … Was sagst du dazu, Ritter Carlo der Tapfere?«

Carlo sah, dass ihn alle anschauten. Es schien, als ob seine Meinung plötzlich gefragt wäre. Mann, da stand er also schon wieder im Zentrum der Aufmerksamkeit … Er zupfte an seinem Ohrläppchen. Doch dann ballte er die Faust. »Wir bleiben hier! Ich hab auch keine Lust, wegen diesen Typen aufzugeben.«

Hin und her flogen die Meinungen und Argumente. Und nach ein paar Minuten war es klar. Fast niemand wollte auf das Turnier verzichten. »Jetzt erst recht nicht«, war die allgemeine Haltung. Etliche der Eltern protestierten, doch erstaunlicherweise bekamen die Kinder nicht nur Unterstützung von den Lehrern und der Gnädig, sondern auch von den beiden Kripobeamten. Sie waren sich einig, dass es keine bessere Möglichkeit gab, das Erlebte zu verarbeiten, als wie gewohnt im Internat zu leben und zu lernen. Sogar das geplante Fest auf der Insel sollte am Abend nachgeholt werden, zusammen mit allen Verwandten, die gekommen waren.

In dem ganzen aufgeregten Diskutieren und Pläneschmieden gab es nur einen, der von Minute zu Minute stiller wurde. Und das war Tom. Irgendwann war es Carlo aufgefallen, dass mittlerweile jeder von jemandem überschwänglich begrüßt worden war. Bei einigen waren nur der Vater oder die Mutter gekommen, bei manchen die Großeltern und bei Xynthia die Patentante. Egal wer – alle hatten jemanden, der sich überglücklich zeigte, dass die Gefahr vorbei war. Nur Tom nicht. Für ihn war niemand gekommen. Er saß reichlich verloren an einem Tisch in der Ecke, hielt sich an einem großen Glas Apfelsaft fest und versuchte, unbeteiligt zu kucken. Aber es gelang ihm nicht. Seine sonst immer so selbstbewusste Miene war verschwunden und er sah nur noch bedrückt aus. Auf einmal tat er Carlo leid, trotz allem. Es war ein mieses Gefühl, außen vor zu sein. Das kannte er nur allzu gut …

Er stand auf, ging zu Tom hinüber und setzte sich neben ihn. »Was ist los?«, fragte er. »Sag bloß, deine Eltern denken immer noch, dass das Ganze ein blöder Scherz war.«

Tom sah ihn misstrauisch an, als hätte er Angst, dass er sich über ihn lustig machen wollte. »Keine Ahnung«, murmelte er. »Ist mir auch egal.«

»Ehrlich?«

»Klar.« Tom schob trotzig die Unterlippe vor. »Die können mich mal.«

»Die Kripo hat ihnen doch sicher schon erklärt, wie ernst die Sache gewesen ist.«

»Kann sein. Aber die haben eben keine Zeit. Basta.«

Carlo wusste nicht, was er sagen sollte. Unschlüssig knabberte er an seiner Unterlippe. Dann gab er Tom einen Stups. »Komm«, sagte er, »ich stell dich meinen Eltern vor.« Er deutete mit dem Kinn in Richtung des Wintergartens, wo die Karfreitags im Gespräch mit Frau Doktor Gnädig saßen. »Die wolltest du doch schon immer mal kennenlernen, oder?«

Wieder warf ihm Tom einen kurzen Blick zu. Doch diesmal sah er mehr überrascht als misstrauisch aus. »Ist das dein Ernst?«, fragte er.

Carlo nickte. »Ja.« Trotzdem blieb er unentschlossen sitzen, genau wie Tom. Es war klar, dass zwischen ihnen noch viel zu viel Ungesagtes war, als dass sie jetzt Small Talk mit den Eltern machen konnten.

»Also …«, begann Tom, brach ab und knackte mit den Fingergelenken.

»Übrigens – das Geknacke nervt mich total.« Carlo boxte ihn gegen den Oberarm. Und dann redete er einfach weiter. »Weißt du, es war ziemlicher Mist, den du da auf der Insel verzapft hast. Du und Xynthia. Richtig scheiße war das.«

»Ja«, murmelte Tom, »das finde ich inzwischen auch. Ich hab mich wie ein Idiot benommen.«

»Wie ein Vollidiot. Vor allem Hamid gegenüber.«

Tom seufzte. »Sag Hamid, dass es mir leidtut, okay? Das mit dem Ausländer …«

»Das kannst du ihm ruhig selbst sagen.«

»Okay … muss ich wohl …«

»Warum hast du uns verdächtigt, Tom? Warum warst du schon so blöd zu mir, bevor das alles losgegangen ist?«

Tom zuckte mit den Schultern. »Ich weiß nicht … Ihr habt euch so gut verstanden, Hamid und du. Vielleicht war ich neidisch, weil mich eigentlich niemand wirklich mag …«

»Quatsch!« Carlo rieb sich das Ohrläppchen. Er hätte Tom gerne gesagt, dass er ihn toll fand die erste Zeit im Internat, weil er so sportlich und cool und stark war. Aber irgendwie hatte Tom recht. Er hatte zu sehr einen auf großen Macker gemacht, als dass er ihn wirklich gerne gehabt hätte.

Carlo stand auf. »Also, ein Gutes hatte es immerhin, dass ihr euch so idiotisch benommen habt.«

Tom sah ihn fragend an.

»Na ja, sonst wären Hamid und ich sicher gar nicht auf die Idee gekommen, von der Insel abzuhauen.«

Jetzt gelang Tom ein schiefes Grinsen. »Immerhin«, sagte er und schob seinen Stuhl zurück.

Während sie in den Wintergarten gingen, bekam Carlo aus dem Augenwinkel mit, dass Hamid zu ihnen herübersah und den Daumen hob. Klar, Hamid fand es richtig, dass er auf Tom zugegangen war. Und wahrscheinlich dachte er dasselbe wie er: Es ist immer besser, einen Freund zu haben als einen Feind.

Die Kripobeamten waren mittlerweile aufgebrochen, um gemeinsam mit der Spurensicherung das ehemalige Gärtnerhaus zu inspizieren. Auch in der Villa gab es viel zu tun, damit am Abend das Fest auf der Insel gefeiert werden konnte. Vor allem musste jetzt, da die Brücke zerstört war, ein weiteres Boot organisiert werden. Ein einziges Ruderboot war natürlich zu wenig für so viele Menschen. Doch ein paar Telefonate von Maries Eltern genügten und es dauerte nicht lange, da fuhr ein Geländewagen vor, auf dessen Anhänger ein Motorboot festgezurrt war. Und da Konstantin, Irina und ein paar andere in der Zwischenzeit aus den angeschwemmten Holzbalken ein ganz anständiges Floß gezimmert hatten, gab es nun die freie Auswahl: Rudern, Motorboot fahren oder mit viel Lachen und Gegröle auf dem wackeligen Floß zur Insel schippern. Tom und Irina ließen es sich allerdings nicht nehmen, zur Insel hinüberzuschwimmen. Und diesmal gab es keine Strömung.

Carlo und Hamid gehörten zu den Letzten, die mit dem Motorboot übersetzten. Die beiden hatten noch ein wenig Detektiv gespielt. Denn da gab es noch eine Sache, der die Polizei in all dem Durcheinander noch gar nicht nachgegangen war – und das war die Idee mit der Gegenstromanlage. Gab es die denn nun wirklich? Hamid hatte die Neugier keine Ruhe gelassen, und so hatten sie das Ufer untersucht und die Anlage tatsächlich entdeckt. »Genial«, hatte er gesagt, »diese Typen sind so was von clever. Die sind wirklich hochbegabt.«

»Ja«, hatte Carlo geantwortet. »Aber was nützt die ganze Begabung, wenn man doch nur Verbrecher wird.« Und dann waren sie zu den anderen gelaufen, um mit Mister O'Neill am Steuer per Motorboot eine Ehrenrunde über den See zu drehen.

Jetzt, da die Helden des Tages auf der Insel angekommen waren, konnte endlich das große Eröffnungsfest der Vor-Turnier-Tage beginnen. Während die Sonne im Westen rot glühend unterging, standen alle beim Anglerschuppen mit einem Glas Erdbeerbowle und Frau Doktor Gnädig hielt eine Rede.

»Meine lieben Schüler und Schülerinnen, liebe Kollegen, liebe Eltern, Geschwister und andere Verwandte! Was für eine Freude, dass wir an diesem Abend gesund und glücklich beisammen sein können!«, begann sie schwungvoll, um gleich wieder vor lauter Rührung abzubrechen. Mehr, als dass sie unendlich stolz auf all ihre Kinder war, die in der Krise so wunderbar zusammengehalten hatten, brachte sie nicht heraus.

Carlo, der neben Richard und Hamid stand, bemerkte, dass Tom vor Nervosität mit der Hacke ein

Loch in den Sand bohrte. Jetzt hob Tom die Hand, als würde er sich melden. »Also«, begann er, »ich wollte nur sagen … also, ich wollte mich …« Weiter kam er nicht, denn plötzlich ließ ein Knall die Luft erzittern.

Erschrocken zuckte Carlo zusammen. Was war das? Ging jetzt etwa das Ganze wieder von vorne los? Doch im selben Moment sah er rote Leuchtkugeln am Himmel schweben.

»Feuerwerksraketen«, sagte Marie. »Die haben meine Eltern mitgebracht, zur Feier des Tages.«

Ein erleichterter Jubel brach aus. Und während die leuchtenden Kugeln und Sterne den Himmel und das Wasser bunt färbten, schallte Lachen und Rufen über die Insel und den jetzt so friedlich daliegenden See.

Die Firma 15

Die Fahndung nach den vier ehemaligen Absolventen des Elite-Internats, die fünfzig Kinder in ihre Gewalt gebracht hatten, beherrschte die Nachrichten. Kyra, Max, Valeria und Pierre saßen in ihrem Hauptquartier im obersten Stock des Hochhauses mit finsteren Mienen vor dem Bildschirm und verfolgten die Berichte. Offenbar waren es zwei Schüler gewesen, die ihre Identität herausgefunden hatten. Nur durch sie war eine gezielte Suche überhaupt möglich geworden. Bitter war das, sehr bitter. Ihnen blieb nichts anderes übrig, als unterzutauchen.

Max und Valeria hatten sich ins Kommunikationssystem der Kriminalpolizei gehackt und wussten daher über alle Aktivitäten der Kripo Bescheid. Nicht nur ihre Namen und ihre Gesichter, sondern auch ihre Fingerabdrücke waren über Europol gespeichert. Eine Flucht innerhalb Europas war aussichtslos. Sie mussten in eins der exotischen Länder, wo man sie nicht an die deutsche Polizei ausliefern würde.

Zum Glück hatte Kyra im Vorfeld der Aktion an alles gedacht. Selbst an die Möglichkeit, dass sie gezwungen sein würden zu fliehen. Vorsorglich hatte sie falsche Reisepässe organisiert, und durch gefärbte Haare, Bärte, neue Frisuren und elegante Kleidung hatten sie ihr Aussehen so wirkungsvoll verändert, dass sie sich selbst kaum wiedererkannten. Eigentlich müssten sie die Kontrolle am Flughafen so passieren können.

Es fehlte nur noch eins: das Geld. Sie hatten all ihre Ersparnisse in den großen Coup investiert, und ihnen war nichts geblieben, mit dem sie die teuren Tickets nach Übersee bezahlen konnten. Sie mussten dieses verdammte Passwort herausfinden! Sie mussten an die Millionen auf dem geheimen Konto kommen! Sie mussten es schaffen …

Das von Max und Valeria entwickelte Kennwort-Hacker-Programm lief auf Hochtouren. Voller Ungeduld warteten sie auf das erlösende Signal des Computers, das den Volltreffer anzeigen würde.

»Ich schwöre«, sagte Kyra, während sie an ihrer schwarzen Perücke zupfte, »wir lassen uns nicht unterkriegen. Wenn wir das Geld haben, bauen wir Schritt für Schritt unser Imperium auf. Und wenn es im hintersten Winkel des Universums sein sollte.«

»Klar!«, bekräftigte Max. »Auch von dort aus können wir die Welt erobern.«

»*Wenn* wir das Geld haben«, murmelte Valeria.

»Und dann werden wir …« Pierre schaffte es nicht, seinen Satz zu Ende zu bringen. Denn in diesem Moment ertönte das erlösende »Biep Biep« des Computers. Das Programm war fündig geworden! Mit klopfenden Herzen drängten sich die vier um den Bildschirm und starrten auf die Seite, die den Kontostand anzeigte.

Nichts. Null. *Nothing.*

Kein einziger Euro war auf dem Konto.

Sie waren geschlagen, das Spiel war aus.

Carlo stand in der Arena des Internats Schloss Brückenau, das dieses Jahr das Schulturnier ausrichtete, und sprach feierlich seinen Eid, auf Deutsch und Lateinisch. Genau wie die Ritter und Ritterinnen der anderen Schulen konnte er es kaum erwarten, dass das Turnier endlich begann. Auch auf den Zuschauerrängen war es ruhig geworden, alle hatten das Geplapper eingestellt.

Ein Trompetenstoß zerriss die Stille. Die Schlacht begann – das heißt, das, was beim großen Schulwettkampf als Schlacht bezeichnet wurde. Das Ganze glich mehr einem Ballett, denn die Ritter tänzelten umeinander herum, ohne sich auch nur richtig zu berühren. Sie durften sich lediglich gegenseitig mit ihren Schwertern auf die Schulter klopfen. Links, rechts, links – in dieser Reihenfolge mussten sie einen Gegner treffen, dann galt dieser als besiegt. Wer aus Versehen oder mit Absicht den Helm eines feindlichen Ritters traf, schied aus.

Anfänglich hatte Carlo gemault, als er diese Regeln gehört hatte. Mann, er war Carlo der Tapfere, der es mit echten Verbrechern aufgenommen hatte! Und nun sollte er hier so einen Ringelpiez aufführen? Aber als er seinem ersten Gegner gegenüberstand – einem Koloss vom Internat Thorgau, der Muskeln wie ein echter Gladiator hatte -, war er froh, nicht wirklich kämpfen zu müssen.

Noch immer steckte einigen Kindern der Villa da Vinci die Aufregung der letzten vierzehn Tage in den Knochen. So richtig vorbereitet fühlten sie sich nicht. Die konkurrierenden Schulen hatten aufgrund der Entführungsgeschichte zwar angeboten, das Turnier auf die Zeit nach den Sommerferien zu verschieben. Doch das hatten die Schüler der Villa nicht annehmen wollen. Und so hatte bisher kaum jemand von ihnen wirklich Höchstleistung zeigen können. Marie war beim Mathewettbewerb, den sie in den letzten Jahren stets mit Abstand gewonnen hatte, nur Zweite geworden. Und Hamid war sogar auf einem der letzten Plätze gelandet. »Verloren einen Planeten Meister Obi-Wan hat. Wie peinlich. Wie peinlich!«, hatte Carlo ihn geneckt, aber Hamid hatte seine Niederlage lachend weggesteckt. Was konnte sie eigentlich noch groß aus der Ruhe bringen, nachdem sie das Abenteuer auf der Pfaueninsel so wunderbar gemeistert hatten?

Agneta immerhin hatte die Zeit in der Gefangenschaft nicht ungenutzt verstreichen lassen, sondern sich trotz allem Gedanken über die Zukunftswerkstatt gemacht. So klein, wie sie war, so groß waren ihre Visionen für eine bessere Welt: angefangen von einer Schule, in der diejenigen die besten Noten bekamen, die den anderen bei ihren Aufgaben halfen, bis hin zu einem globalen Parlament, in dem die Länder am meisten zu sagen hatten, die sich am stärksten für Frieden, Gerechtigkeit und Umweltschutz einsetzten.

Carlo sah sie auf der Zuschauertribüne sitzen, mit ihren weißblonden Fisselhaaren war sie nicht zu übersehen. »Ritter Carlo, Ritter Carlo!«, brüllte sie und wedelte mit den Armen. Er lächelte und zack! zack! zack!, hatte ihm der Thorgauer Ritter dreimal hintereinander mit dem Schwert auf die Schultern geschlagen … Besiegt! Carlo hatte seinen ersten Kampf verloren. Aber egal, er fühlte sich prächtig. Fröhlich winkte er Agneta und Hamid zu.

Ein paar Stunden später saß er neben seinen Freunden auf einer der Zuschauerbänke des Sportplatzes von Schloss Brückenau. Das große Paintballturnier hatte begonnen! Lautstark feuerten sie das Team der Villa da Vinci an. Mit Blasrohren und Farbbeuteln bewaffnet rannten Tom, Fabian und die anderen über das Spielfeld und versuchten, so viele Gegner wie möglich himmelblau zu färben. Schon nach wenigen Minuten waren sie über und über mit der bunten Farbe bekleckert, die die anderen Schulen auf sie abschossen.

»Was bin ich für ein Idiot!« Carlo stieß Hamid mit dem Ellenbogen an. »Tom hat recht gehabt. Natürlich hätte ich mich für Paintball anmelden sollen. Die amüsieren sich ja wie Bolle auf dem Milchwagen.«

»Nächstes Jahr«, meinte Hamid und grinste.

»Ja, nächstes Jahr.« Carlo spürte plötzlich, wie die Vorfreude ihm vom Kopf bis in die Zehen rieselte. Die Vorfreude auf das nächste Turnier genauso wie das Glück darüber, auf dieser Schule zu sein, zusammen mit Hamid und all den anderen. Er schaute zu den oberen Rängen hinauf und winkte seinen Eltern und Richard zu – und sogar sein Großvater war gekommen, der geniale Karl-Heinz Karfreitag. Neben ihm saß Frau Doktor Gnädig in einem knallgelben Jogginganzug und lauschte offenbar jedem seiner Worte.

»Kuck dir das an, Carlo!« Hamid schrie aus voller Kehle. »Fast alle sind hellblau geworden. Die anderen haben überhaupt keine Chance!«

Tatsächlich. Tom schien all den Frust der vergangenen Tage auf dem Spielfeld loszuwerden. Er rannte und ballerte und warf sich zu Boden, um den gegnerischen Farbkugeln auszuweichen. Es schien fast, als wollte er ganz allein das Turnier gewinnen.

Carlo knabberte an seiner Unterlippe. Wie das mit Tom wohl sein würde im nächsten Schuljahr? Ob sie wirklich noch Freunde werden würden? Für einen Moment stieg noch einmal der Kummer in ihm hoch, den er auf der Insel gespürt hatte. Und auch zu den vier Erpressern wanderten seine Gedanken. Sicher würde es nicht mehr lange dauern, bis die Polizei sie erwischte, egal wie schlau sie auch waren. Ob Hamid und er ihnen dann gegenübertreten müssten? Und für wie viele Jahre sie dann wohl ins Gefängnis wanderten?

Doch dann stupste ihn Hamid mit dem Ellenbogen an. »Kuck dir das an!«, rief er wieder und der Jubel und das Gebrüll um ihn herum rissen Carlo aus seinen Grübeleien. Begeistert und voller Freude stimmte er in die Anfeuerungsrufe ein: »Villa da Vinci! Villa da Vinci! Hurra, Villa da Vinci!«